DAVI DA ROSA

NAZISMO

Lafonte

Brasil · 2020

Título – Nazismo
Copyright © Editora Lafonte Ltda. 2020

ISBN 978-5870-017-3

Todos os direitos reservados.
Nenhuma parte deste livro pode ser reproduzida por quaisquer meios existentes sem autorização por escrito dos editores e detentores dos direitos.

Direção Editorial **Ethel Santaella**
Organização e Revisão **Ciro Mioranza**
Diagramação **Demetrios Cardozo**
Imagem de capa **Art Furnace / Shutterstock**

```
Dados Internacionais de Catalogação na Publicação (CIP)
        (Câmara Brasileira do Livro, SP, Brasil)

    Rosa, Davi da
      Nazismo / Davi da Rosa. -- São Paulo : Lafonte,
    2020.

      Bibliografia.
      ISBN 978-65-5870-017-3

      1. Alemanha - História - 1933-1945 2. Guerra
    Mundial, 1939-1945 3. Nazismo - História I. Título.

    20-44652                              CDD-943.086
```

Índices para catálogo sistemático:

1. Nazismo : História   943.086

Cibele Maria Dias - Bibliotecária - CRB-8/9427

Editora Lafonte

Av. Profª Ida Kolb, 551, Casa Verde, CEP 02518-000, São Paulo-SP, Brasil
Tel.: (+55) 11 3855-2100, CEP 02518-000, São Paulo-SP, Brasil
Atendimento ao leitor (+55) 11 3855- 2216 / 11 - 3855 - 2213 – atendimento@editoralafonte.com.br
Venda de livros avulsos (+55) 11 3855- 2216 – vendas@editoralafonte.com.br
Venda de livros no atacado (+55) 11 3855-2275 – atacado@escala.com.br

Impressão e Acabamento
Gráfica Oceano

ÍNDICE

05	Nazismo: muito retratado, mas pouco conhecido
08	Do conceito de "Reich" à eugenia
23	Os esportes na Alemanha nazista
29	O papel da educação no Terceiro Reich
34	O nascimento da República de Weimar
40	O nascimento do Partido Nacional-Socialista
47	A tentativa de golpe de 1923 ou Putsch da Cervejaria
50	A ascensão ao poder do Partido Nazista
56	Os pilares do nacional-socialismo
61	O governo de Adolf Hitler
66	A propaganda nazista: signos, símbolos e alegorias
74	A propaganda nazista e o antissemitismo
78	O nascimento do expressionismo alemão e da U.F.A.
82	Cinema nazista: um convite sedutor para as massas
86	O nazismo e a segunda Guerra Mundial

INTRODUÇÃO

Nazismo: muito retratado, mas pouco conhecido

Existe um consenso entre os historiadores contemporâneos ao afirmar que o tema Nazismo é um dos objetos mais retratados nos meios de comunicação e entretenimento. Entender um pouco o porquê desse fascínio é o que nos induz a debruçar-nos numa análise mais cuidadosa desse tema. O nazismo, na sua forma clássica, ascende ao poder em 30 de janeiro de 1933 quando Adolf Hitler é nomeado chanceler da Alemanha pelo presidente Paul von Hindenburg (1847-1934). A partir dessa data até o início da segunda Guerra Mundial, passam-se apenas sete anos e o mundo mergulha outra vez numa guerra absolutamente letal, criada, pelo menos em parte, pela avançada máquina de guerra nazista. As imagens difundidas depois do fim do conflito deixaram as nações do mundo todo em choque. De modo particular, aquelas feitas nos campos de concentração nazistas vão revelar a face mais obscura dessa ideologia.

A ascensão do nazismo e a segunda Grande Guerra ocorreram muito depois da invenção das máquinas filmadoras e fotográficas. Para se ter uma ideia e, tomando como base a primeira exibição cinematográfica dos Irmãos Lumière na França, a reprodução de imagens em movimento já havia completado 60 anos quando o nazismo foi derrotado. Em decorrência do enorme impacto causado por esses dois fatos, nos anos seguintes houve uma enxurrada de filmes (longas e documentários), séries, livros, histórias em quadrinhos e, posteriormente, jogos eletrônicos, abordando tanto o nazismo quanto a segunda Guerra Mundial. Essa enorme quantidade de produção cultural sobre esses dois fatos ajudou a compor boa parte do fascínio que esses temas despertam nas pessoas. Não se pode apontar uma causa única para um fenômeno social e político tão complexo; é inegável, no entanto, que o nazismo está cravado no imaginário popular, em grande parte por causa de sua reprodutibilidade nos meios de comunicação de massa. Além disso, o nazismo e a propaganda nazista utilizaram abundantemente todos os meios de comunicação para influenciar e seduzir as massas. O regime nazista registrou em imagem quase todo o seu processo, da ascensão à queda. O mesmo pode se dizer do regime soviético, quando o mundo assistia atônito à queda do muro de Berlim em 1989 e posteriormente, em 1992, o tratado que pôs fim à União Soviética. O mesmo fenômeno pode ser visto também nos anos da guerra fria (1945-1992); o cinema de Hollywood vai abordar o tema da guerra fria por meio da luta de boxe entre o personagem Rock Balboa (Sylvester Stallone), representando o capitalismo, e Ivan Drago (Dolph Lundgren), representando a União Soviética.

O nazismo, embora seja um tema amplamente retratado, isso não significa, na prática, que tenha sido um fenômeno profundamente compreendido pelo grande público. Muito pelo contrário, em tempos de redes sociais, *fake news* e pós-verdades, têm sido cada vez mais frequentes afirmações desse tipo: O *nazismo é um regime de esquerda* ou *O governo nazista era aliado da U.R.S.S. na Europa*. Esse tipo de afirmativa sobre o nazismo releva dois fenômenos recorrentes da contemporaneidade. Primeiro, ter acesso a uma quantidade enorme de produções e informações não significou, na prática, a construção de um conhecimento teórico profundo sobre o objeto retratado; segundo, constata-se de maneira clara uma franca tentativa de revisionismo histórico, desprovido de base científica, metodológica ou mesmo historiográfica. Ambas as constatações acimas são gravíssimas. Por isso a necessidade de conhecer e analisar, em bases sólidas, os eventos que marcaram nosso passado.

Este opúsculo representa o que seria a ponta de um iceberg quando se aborda um tema tão vasto e complexo. Apesar disso, mesmo sendo um breve texto introdutório, tratando em pinceladas alguns aspectos do nazismo, não abriremos mão do rigor científico e metodológico que o assunto exige. Afinal de contas, o compromisso com a história é certamente a principal obrigação para qualquer autor que se disponha a levar o conhecimento histórico à apreciação do grande público.

Do conceito de "Reich" à eugenia

O leitor já deve ter se deparado com a denominação *Terceiro Reich* para se referir ao *nazismo*. Essa denominação significa *"Terceiro Império"*. O sentido, no entanto, é muito mais complexo. Mas o que vem a ser ou o que foi o *Terceiro Reich*?

Tudo começou no período da unificação do país, em 1871, quando o nome oficial da nação passou a ser *"Deutsche Reich" (Império alemão)*. No pensamento de Hitler, esse seria o segundo *Reich* germânico, pois, conforme ele acreditava, o primeiro *Reich* teria ocorrido no período do chamado *Sacro Império Romano Germânico*, que durou do ano 800 até 1806 e abrangia um extenso território que ocupava boa parte do antigo império romano do ocidente. Em seu auge, esse império incluía os atuais territórios da Áustria, Bélgica, Holanda, Luxemburgo, República Checa, Eslováquia, Eslovênia, parte leste da França, norte da Itália e a parte oeste da Polônia.

Ao associar o Sacro Império como um primeiro *Reich*, Hitler e a propaganda nazista, apontavam para a construção de uma continuidade política, cultural e, sobretudo, de sangue que deveria haver entre o Sacro Império Romano e o povo alemão. Vale ressaltar que o Sacro Império foi diretamente responsável pela continuação da tradição cristã ocidental, ou seja, sem o surgimento de uma unidade política forte, como o Sacro Império, o cristianismo ocidental teria corrido o risco de desaparecer junto com a queda de Roma, no ano 476. Ao associar o nazismo à tradição do Sacro Império Romano Germânico, se buscava dar ao regime de Hitler um aspecto sagrado, ou seja, assim como a conversão dos povos bárbaros ao cristianismo salvou essa religião do possível ostracismo, seria também a incumbência imediata do *Terceiro Reich* a retomada da missão salvacionista do antigo Império germânico, mesmo que, para tanto, fosse necessário subjugar os demais povos da Europa numa guerra santa de "nós" contra "eles".

Um exemplo de como isso se manifesta na construção da estética nazista é o uso de uma imagem amplamente divulgada pela indústria de propaganda nazista em que Hitler é apresentado trajando uma armadura medieval. Essa armadura e demais indumentárias apresentadas na imagem fazem referência à Ordem dos Cavaleiros Teutônicos, Ordem militar criada pelo papa Clemente III com o objetivo de fortalecer a presença cristã em Jerusalém, durante o curto período de domínio cristão na região. O grupo teria surgido quando camponeses da Germânia criaram uma Ordem médica para auxiliar os compatriotas germânicos durante a terceira cruzada (1189-1192). A iniciativa foi muito bem recebida tanto pelo patriarca de Jerusalém quanto pelo próprio Papa que, em pouco tempo, oficializa o grupo como uma Ordem militar católica. Vale lembrar que a maioria dos membros dessa poderosa Ordem pertencia à nobreza germânica e, inclusive, dela faziam parte membros da família real do reino da Prússia.

A ideia, portanto, de se resgatar um passado medieval cruzadista daria ao nazismo, e ao próprio Hitler, um impulso missionário sagrado, tendo na figura do líder a representação da redenção espiritual e política da nação. Além disso, no imaginário popular, o cavaleiro medieval representa, entre outras coisas, o guardião da pureza que um dia esteve presente no coração dos chamados "homens de bem". Ao apontar o Sacro Império Romano Germânico como origem do *Terceiro Reich*, buscava-se atingir no povo o sentimento de orgulho e de estreita ligação com seu passado. Era exatamente desses sentimentos que o povo alemão mais precisava após a humilhante rendição na primeira Guerra Mundial. Essa humilhação estava acompanhada de uma penosa e lenta recuperação econômica dos anos da república de Weimar (1919-1933). Revela-se, nesse sentido, que o nazismo via na história um movimento anacrônico. Na turva visão nazista sobre história, os grandes fatos do passado deveriam ser relembrados para poderem ser revividos. Em outras palavras, as transformações sociais advindas do processo histórico deveriam ser evitadas ao máximo, afinal a história gloriosa já estava escrita; bastaria aos germânicos recorrer a ela para a recuperação do orgulho perdido.

Já o segundo Reich ocorreu no período da unificação alemã, concluída com a guerra franco-prussiana, em 1871. A Alemanha foi um dos últimos países da Europa a passar pelo processo de unificação nacional e isso só ocorreu com a ascensão do chanceler Otto Von Bismarck (1815-1898). A unificação do território alemão começou com a liderança do reino da Prússia, o maior território de língua germânica na região. Bismarck tornou-se chanceler da Prússia em 1862 e, logo em seus primeiros anos de governo, adotou medidas aduaneiras visando à unificação de impostos para as regiões mais afastadas do reino e que, em sua grande maioria, utilizavam o germânico como língua mais falada. As medidas fiscais adotadas no governo de Bismarck deram bons resultados e ajudaram a interligar comercialmente o território da Prússia com seus vizinhos.

Fazer parte de uma união aduaneira era, contudo, apenas o primeiro passo que levaria à futura unificação do território. Aliás, o maior desafio nesse processo era implantar no povo a noção de identidade nacional, a noção de pertencimento àquele território sob a forma de uma unidade nacional. E nada parecia mais eficaz para isso do que a concepção de uma sociedade militarizada. Isso porque, durante os períodos de guerra, ou ameaça de guerra, o sentimento de patriotismo é exacerbado e o vínculo de pertencimento e unidade ganha caráter destrutivo em relação ao outro. Bismarck mobilizou o exército prussiano com vistas à conquista de territórios vizinhos e visando também à formação de um sentimento nacionalista no futuro território alemão. Nos planos de Bismarck, a melhor forma de atingir esse objetivo seria por meio da constituição de uma legião militar, composta por cidadãos de diferentes lugares da futura nação alemã. Com Bismarck no comando desse processo, seriam assegurados também os interesses do reino da Prússia sobre os demais Estados alemães.

Após formar um poderoso exército germânico, o primeiro grande conflito enfrentado por Bismarck foi a guerra dos *"Ducados"*, ocorrida entre fevereiro e outubro de 1864. Nessa guerra, o reino da Prússia e o império austríaco lutaram contra a Dinamarca, que almejava o domínio sobre os ducados independentes de Schleswig e Holstein, localizados ao sul do território dinamarquês. No final do conflito, a Dinamarca saiu derrotada e obrigada a assinar o *Tratado de Viena*, concedendo essas duas regiões à administração da Prússia e da Áustria. Dois anos depois, em 1866, os antigos aliados, Império da Áustria e Reino da Prússia, se enfrentam na guerra denominada austro-prussiana. Com a vitória da Prússia, os dois territórios passaram a fazer parte da nova confederação germânica do norte. Para finalizar o processo de unificação, a nova confederação germânica entra numa última guerra contra as poderosas tropas de Napoleão III da França, na chamada guerra franco-prussiana (1870-1871). A vitória dos alemães conclui o longo processo de unificação.

A formação da Alemanha revela que o militarismo está presente de maneira embrionária e pode ser reconhecido desde muito antes da ascensão de Hitler. A organização de um Estado aperfeiçoado sob a tutela da disciplina e da ordem militar deu à Alemanha um aspecto único na Europa, tanto que essa feição militarizante, tão profunda na cultura alemã, será retomada por Hitler como solução imediata, tanto para a recuperação econômica, ou seja, centralizando toda a produção das indústrias na produção bélica, quanto para recuperar o moral do país, prometendo ao povo alemão vingança em caso de uma nova guerra mundial.

Essa forma de organização de Estado custou a vida de milhares de pessoas. Em um Estado profundamente militarizado, não existe espaço nem tolerância para qualquer tipo de divergência de pensamento. O entendimento dessa militarização, ao longo do processo histórico, vai conduzir o país a apostar em duas guerras mundiais como forma de solução de seus problemas. Cria-se um precedente bastante perigoso no interior da sociedade. Em um Estado constituído dessa forma, um adversário político se torna um inimigo a ser eliminado. Nota-se, pois, que a tradição militar alemã não foi criada pelos nazistas, mas sim encontrou nessa ideologia sua forma mais acabada.

Esse aspecto da sociedade alemã foi profundamente analisado pelo historiador Norbert Elias (1897-1990). Numa de suas mais célebres obras, *Os Alemães*, ele explica a cultura alemã através do conceito de *habitus* que, para ele, se constitui basicamente numa espécie de *segunda natureza* ou "saber social incorporado"[1]. Esse conceito é usado pelo autor para ser sobreposto à ideia de "caráter nacional", ou seja, a ideia de personalidade natural da nação, que está congelada no tempo e no espaço. Para exemplificar como o conceito de *habitus* ajuda a explicar a ascensão do nazismo na Alemanha, o autor faz a seguinte ponderação:

> *"O seu núcleo consiste numa tentativa de destrinchar desenvolvimentos no habitus nacional alemão que possibilitaram o violento surto descivilizador da época de Hitler e apurar as conexões entre eles e o processo a longo prazo de formação do Estado na Alemanha. (...) Torna-se tão logo evidente que o habitus nacional de um povo não é biologicamente fixado de uma vez por todas; antes, está intimamente vinculado ao processo particular de formação do Estado a que foi submetido."* [2]

Norbert Elias afirma, portanto, que, para se compreender a ascensão do nazismo na Alemanha, é necessário en-

---

[1] ELIAS, Norbert. *Os alemães: a luta pelo poder e a evolução do habitus nos século XIX e XX*. Rio de Janeiro: Ed Zahar, 1997. Pp9.

[2] IDEM: 15, 16

tender como ocorreu a construção do *habitus* alemão nas décadas que antecederam o regime nazista. Entendendo a formação desse *habitus* alemão, compreende-se, pelo menos parcialmente, o porquê da fácil aceitação de um discurso de ódio e de extermínio das minorias.

Sob esse enfoque do *habitus* alemão, que embasa a ascensão do *Terceiro Reich*, nota-se a fácil aceitação, por parte da comunidade científica, das teorias vindas do campo da eugenia. O termo eugenia foi cunhado pelo antropólogo inglês Francis Galton (1822-1911), em 1883. Em pouco tempo, essa pseudociência vai ganhar o status de disciplina científica tanto na Europa quanto nos Estados Unidos. A autora Pietra Diwan trabalhou a fundo esse tema no Brasil e no mundo e escreve o seguinte:

> *Purificar a raça. Aperfeiçoar o homem. Evoluir a cada geração. Se superar. Ser saudável. Ser belo. Ser forte. Todas as afirmativas anteriores estão contidas na concepção de eugenia. Para ser o melhor, o mais apto, o mais adaptado, é necessário competir e derrotar o mais fraco pela concorrência. Luta de raças. Para a política, luta de classes. A eugenia moderna nasceu sob essas ideias principais. Uma invenção burguesa gerada na Inglaterra industrial em crise. Mas analisar a origem da eugenia, assim como seus objetivos e fundamentos não é tarefa fácil, pois apesar de se autodenominar ciência, essa teoria está repleta de ambiguidades e argumentos subjetivos. Para entender sua*

complexidade é importante ter em vista que a eugenia se inspirou nas ideias sobre superioridade, natureza e sociedade que foram construídas ao longo dos séculos pelo pensamento ocidental.[3]

A eugenia do século XIX nasceu com o propósito de descobrir uma suposta purificação da *"raça humana"*, buscando, na melhoria das *"raças"*, a ideia de progresso e prosperidade. Segundo a lógica da eugenia, as *"raças puras"*, ou seja, que pouco se misturaram ao longo da história, seriam as mais aptas para se organizar em sociedade. Para o pensamento eugenista, aqueles que faziam parte desse grupo deveriam preservar-se, relacionando-se apenas entre si, enquanto aqueles que estavam fora desse grupo poderiam ser eliminados, pois não seriam capazes de sobreviver em um meio hostil. Podemos entender, portanto, o nascimento da eugenia do século XIX como um subproduto da exploração e da expansão capitalista. Surgiu depois das incursões dos ingleses, e das demais potências europeias, ao interior dos territórios africano e asiático. De alguma forma, era necessário construir um discurso que justificasse uma nova onda exploratória nesses territórios. Se antes, portugueses e espanhóis se utilizaram do discurso salvacionista católico para justificar tanto a escravidão quanto a exploração econômica do território africano, agora os novos explo-

---

[3] PIETRA, Diwan. *Raça Pura: uma história da eugenia no Brasil e no mundo.* São Paulo: Ed Contexto, 2015. pp 21

radores se apoiavam nas teses eugênicas para justificar as atrocidades causadas pela exploração dos recursos naturais naqueles territórios.

Como se evidencia no trecho transcrito de Pietra, podemos localizar, ao longo da história humana, diversas manifestações de caráter eugenista, que são anteriores ao desenvolvimento capitalista. Na cidade-estado de Esparta, na Grécia antiga, as crianças, ao nascer, eram cuidadosamente examinadas pelos anciãos; se fosse constatado qualquer tipo de problema congênito ou falta de aptidão para a guerra, a criança seria deixada num local de abandono (Apotetas)[4]. Muito embora haja uma enorme distância que separa a eugenia de Esparta e a eugenia do século XIX, ambas partem do mesmo pressuposto: eliminar, o mais cedo possível, indivíduos fisicamente fracos ou malformados. Essas teses, portanto, já desfrutavam de razoável aceitação no meio acadêmico quando Hitler subiu ao poder em 1933. A ideia de superioridade das raças não foi, de forma alguma, uma criação hitlerista, mas, com a ascensão do Terceiro Reich, essas ideias serão alçadas à condição de política de Estado.

O conceito de arianismo surgiu quando alguns etnólogos do século XIX passaram a afirmar que os povos europeus de etnia branca caucasiana eram descendentes

---

[4] IDEM, 22

dos antigos povos arianos, grupos seminômades de origem indo-europeia que se estabeleceram nos planaltos do atual Irã. Segundo as teses nazistas, os arianos teriam dado origem aos povos germânicos. Essa origem deveria ser preservada, portanto, com vistas à eugenia, ou seja, os descendentes dos arianos deveriam se reproduzir somente com aqueles de sua própria origem. Cabia, pois, à medicina manter a linhagem da raça ariana sempre pura. Nesse ponto, é necessário um exercício de muita imaginação para crer que um povo tão antigo quanto o dos arianos não tivesse naturalmente se misturado com povos de outras origens. Apesar disso, essa realidade será questionada pelo meio científico somente depois da queda do Terceiro Reich.

Dessa forma, as figuras do médico e da medicina, mesmo antes da ascensão do nazismo, terão bastante destaque na cultura alemã. Afinal, são eles os portadores do conhecimento que vai promover a cura para o indivíduo e a sociedade. Essa visão cairá por terra quando os crimes cometidos pelos médicos nazistas vierem à tona. Muito antes, porém, da revelação desses crimes, a arte já havia detectado qual era o papel desempenhado pela medicina na Alemanha antes do nazismo.

No ano de 1920, era lançado, nos cinemas da Europa, um filme que viria a se tornar um clássico do cinema mundial: "O gabinete do Dr. Caligari" (*Das Cabinet des Dr. Caligari*), 1920, direção de Robert Wine, 80 minutos de duração. A história trazia a figura de um médico de nome *Caligari* que usava da hipnose para levar um sonâmbulo, de nome Césare, a cometer crimes. O longa era uma crítica forte e aberta sobre o provável papel da medicina no período de recuperação da Alemanha; mais que isso, o filme apontava para uma visão apocalíptica, insinuando como as coisas poderiam terminar com o uso da medicina para fins de dominação e controle.

Durante os anos do Terceiro Reich, o médico nazista Josef Mengele (1911-1979) vai desempenhar na realidade o que o personagem *Caligari* representava na ficção, anos antes. Mengele ganhou o apelido de "anjo da morte de Auschwitz", pelos atos desumanos e repugnantes cometidos (em nome da ciência e da eugenia) nesse campo de concentração. Os judeus que chegavam nesses campos eram separados de acordo com a aptidão para o trabalho; mães eram separadas de filhos e maridos eram separados de esposas. Aqueles que fossem considerados incapazes de desenvolver trabalhos pesados, em condições desumanas, eram executados nas câmaras de gás. A maior parte dos considerados inaptos e que deveriam morrer, era formada por crianças, idosos, mulheres, portadores de necessidades especiais ou acometidos de qualquer outro tipo de doença. As diversas atrocidades cometidas por Mengele tinham como base fundamental a absurda construção de uma sociedade baseada na ideia de pureza racial.

Para o nazismo, a ideia de pureza racial está intimamente ligada com o que se considerava a representação do belo. A estética deveria estar diretamente ligada ao homem caucasiano, forte e saudável. Nesse sentido, Hitler vai buscar na arte grega a inspiração para a nova arte nazista. Aqueles que não concordavam com essa forma de pensar a arte foram logo rotulados de degenerados (*entärtete Kunst*). O termo degenerado se refere a *aquele que deixou de possuir características particulares de sua espécie*[5]. O termo nasceu da palavra alemã "entärtet", que era usada no século XIX para designar animais ou vegetais que foram modificados geneticamente e que, devido a isso, não poderiam mais ser considerados como daquela espécie. Logo, a arte desenvolvida pelos artistas, que se opunham aos ideais nazistas, será denominada como arte degenerada, ou seja, arte realizada por uma espécie que deixou de ser humana.

Em sua imensa maioria, esses artistas eram ligados esteticamente às artes de vanguarda dos anos 20-30, como dadaísmo, cubismo, impressionismo, surrealismo, expressionismo, etc. O próprio filme citado anteriormente "O gabinete do Dr. Caligari", que pertencia à criativa escola do expressionismo alemão, foi também considerado arte degenerada. Com base nesse rótulo, muitos artistas foram perseguidos ou mortos pelos na-

---

[5] https://www.dicio.com.br/degenerado/

zistas. Um dos casos mais absurdos de perseguição foi do conhecido diretor e ator Kurt Gerron. Perseguido na Alemanha, buscou refúgio na Holanda, que foi ocupada pelos nazistas em maio de 1940. Gerron foi enviado então para o campo de concentração de Theresienstadt, na atual República Tcheca. Nesse campo de prisioneiros, foi obrigado a fazer um "documentário" sobre as *boas condições de vida nos campos de trabalho*. O filme ainda não havia ficado pronto quando Gerron foi enviado para morrer no campo de concentração de Auschwitz, na Polônia, em 1944.

Acerca do que dissemos, deve-se destacar o papel desempenhado pela Escola Staatliches Bauhaus, ou simplesmente Escola Bauhaus, durante os anos do nazismo. Era uma escola de Design, artes plásticas e arquitetura, fundada em 1919, durante os anos da República de Weimar; seu nome ficou na história por causa da grande relevância de suas produções. A Bauhaus já se opunha às ideias defendidas pelos nazistas, desde os anos 1920. Quando Hitler sobe ao poder, a Bauhaus é obrigada a mudar de sede da cidade de Dessau, no interior da Alemanha, para Berlim. Essa medida tinha o objetivo de vigiar de perto as atividades da Escola. Em 1933, após um longo processo de perseguição de seus artistas, a Bauhaus foi oficialmente fechada. Esse fato provocou a dispersão desses artistas que acabaram difundindo o ideal de arte da Bauhaus por diversas partes do mundo.

A opressão à arte da Bauhaus revela os verdadeiros motivos pelos quais o nazismo considerava a arte dessa escola como degenerada. Primeiro, a Bauhaus pregava uma arquitetura libertária e revolucionária tanto na forma quanto no conteúdo. Transformar o espaço e as formas constituía o principal preceito dessa escola alemã de design. Algo que ia radicalmente contra a perspectiva estética nazista. A arte nazista, de maneira geral, visava à conservação de valores e formas que ficaram congelados no tempo e no espaço. Em segundo lugar, alguns dos estudantes da escola eram de origem russa, ou seja, representavam, dentro da Alemanha, a própria encarnação do comunismo soviético. Era necessário combater no campo das artes aquilo que os nazistas chamavam de *bolchevismo cultural*. Segundo os nazistas, existia um plano de dominação cultural dos bolcheviques em todo mundo, plano que deveria ser combatido. Em terceiro lugar, alguns dos alunos e diretores da Bauhaus eram de origem judaica, o que tornava a escola ainda mais perigosa aos olhos nazistas.

O controle sobre a cultura e a arte eram pilares fundamentais da estrutura de poder montada pelo governo do Terceiro Reich. Por causa de sua importância, ambas deveriam estar sob a tutela do Estado. Visando a esse controle, foi criada em 22 de setembro de 1933, a Câmara da cultura do Reich (*ReichskulturKammer*), cujo objetivo era manter total controle sobre as produções artísticas.

Além disso, era também função da Câmara a divulgação e promoção de obras de arte nazista. Foi esse órgão que promoveu em 1937, na cidade de Munique, a exposição "Arte degenerada", que apresentava os trabalhos de diversos artistas das principais vanguardas europeias. A exposição era itinerante e passou por diversas cidades da Alemanha. A intenção do governo alemão era apresentar essas expressões artísticas de vanguarda, que se opunham aos ideais nazistas, como fruto da demência e da perversão sexual. Nesse ponto, revela-se outro aspecto importante da arte nazista bem como do pensamento nazista: no nazismo, o controle sobre os corpos devia ser total e absoluto. A libido e a sexualidade são aspectos da personalidade individual que devem ser tolhidos a todo custo. O sexo é visto como sujo e imoral; e o desejo sexual, sua expressão máxima, deveria ser tratado como doença mental.

Os esportes na Alemanha nazista

Outro aspecto de real importância no nazismo é o esporte. O regime nazista via nos esportes a forma perfeita de provar ao mundo a superioridade física e mental da raça ariana, além de servir como instrumento de propaganda do regime dentro e fora do país. A utilização das práticas esportivas como forma de promoção e propaganda política não é exclusiva do nazismo. Muitos outros regimes políticos fizeram, e ainda fazem, das vitórias no esporte uma forma de propaganda; mas o nazista vai ser um dos primeiros no mundo a fazer isso de maneira sistemática.

Para compreender melhor os motivos pelos quais os nazistas tinham nos esportes um setor-chave da política no Terceiro Reich, é necessário ter presente que, na década de 1930, diversas práticas esportivas já mobilizavam multidões. Com o crescimento populacional dos centros urbanos, por causa do avanço da revolução industrial, crescia também a necessidade de entretenimento para a classe dos trabalhadores. Não por coincidência, a Inglaterra será o país que vai desenvolver a maioria dos manuais de regras de vários esportes, como para as corridas de cavalos (1750), para o golfe (1751), críquete (1788), rúgbi (1846), ciclismo (1868), futebol (1863). Além de possuir, em várias cidades industriais, uma massa de trabalhadores sedenta por entretenimento, os ingleses também tinham a necessidade de levar para suas colônias os esportes como forma de diversão para os exploradores, que ficavam muito tempo distantes de casa. Para isso, era preciso definir com clareza as regras desses jogos. Popularizadas as regras, as grandes massas de trabalhadores aderiram a esses esportes, antes praticados somente pelas elites.

Esportes coletivos, como o futebol e o rúgbi, logo caíram no gosto popular. No caso do futebol, veremos um movimento de aproximação entre esse esporte e as organizações sindicais. Não vai tardar para que organizações de trabalhadores fundassem times de futebol entre os operários das fábricas, como foi o caso do Locomotive (Moscou), do Dínamo de Kiev e do Estrela Vermelha (Moscou). O crescimento dessa associação, principalmente na União Soviética, vai justificar ainda mais a ideia de controle das práticas esportivas pelo Estado nazista. Nesse sentido, poucos esportes vão cativar mais as massas de trabalhadores do que o futebol. E antes de despertar os olhos do Estado, a cultura do futebol será explorada pelos donos das fábricas como forma de ganhar prestígio junto da classe trabalhadora. Sobre isso, o historiador Hilário Franco Jr., ao analisar o papel do futebol em diferentes sociedades, faz o seguinte comentário:

> À medida que o futebol caía no gosto popular, foi se acelerando no mesmo ritmo sua utilização como instrumento político. De início a política informal, com industriais de pequenas cidades inglesas apoiando financeiramente o time de sua fábrica para reforçar seu prestigio pessoal e ganhar o reconhecimento de seus trabalhadores. Depois, cada vez mais a política institucional penetrou no mundo do futebol. E vice-versa. Qualquer que seja o sistema em vigor na sociedade. Políticos de todos os matizes perceberam a imensa capacidade que ele tem de mobilizar sentimentos coletivos, sejam eles grupais, regionais ou nacionais.[6]

---

6 HILARIO, Franco Jr. *A dança dos deuses: futebol, cultura, sociedade.* São Paulo Companhia das Letras, 2007. pp 168.

Essa capacidade de mobilização do futebol será fundamental para a organização, por parte do governo fascista de Benito Mussolini, da segunda Copa do Mundo de Futebol, em 1934. A vitória da seleção italiana será amplamente usada como forma de propaganda do fascismo. Falam por si os bilhetes enviados aos jogadores por Mussolini, no intervalo dos jogos, com os dizeres: "Vitória ou morte". No regime nazista, o futebol, assim como outras práticas esportivas, tinham de seguir as ordens do D.R.A. (*Deutscher Reichsausschuss für Leibesüngen* – Comitê de Educação Física do Reich) para poder continuar suas atividades. Em outras palavras, deviam cumprir à risca as ordens do Reich, o que significava retirar de seus quadros atletas ou dirigentes de origem judaica ou vinculados ao Partido comunista. Por causa disso, diversas associações esportivas deixaram de existir. Para se ter uma ideia do nível de controle governamental sobre essas associações, caso um jogador quisesse ingressar num dos clubes da D.F.B. (*Deutscher Fussball-Bund*), exigia-se dele um atestado de ancestralidade, provando que não tinha nenhum antepassado semita.

Mesmo com esse histórico de perseguição, podemos dizer que o futebol, assim como diversas outras práticas esportivas, tiveram grande investimento por parte do governo nazista. O jogo coletivo, e até certo ponto também o individual, era encarado pelo nazismo como um simulacro de uma guerra. São dois lados, ou seja, dois territórios, com dois exércitos, usando uniformes e demais adereços para aquela prática, disputando algo cobiçado por ambos. Perder o jogo significava, no fundo, perder uma guerra. No caso do nazismo, de modo particular, significava ver decair sua suposta superioridade racial.

Não existiria oportunidade melhor para mostrar ao mundo a superioridade ariana do que os jogos olímpicos de Berlim, realizados em 1936. Embora a escolha da sede dos jogos tenha sido feita em 1932, antes, portanto, da ascensão do nazismo ao poder, ainda assim o evento será amplamente apoiado pelo governo de Adolf Hitler. Os investimentos financeiros serão os maiores na história dos jogos até aquele momento, destacando-se a construção do complexo olímpico Reichssportfeld, hoje chamado Olympia Park Berlin. O centro olímpico tinha como atração principal o Estádio Olímpico de Berlim, com capacidade para 100 mil pessoas, o maior do mundo até a construção do estádio do Maracanã, em 1950.

O sucesso nas Olimpíadas de 1936 era dado como certo pelo governo do Terceiro Reich. E, de fato, a Alemanha terminou em primeiro lugar no quadro de medalhas. Contrariando, porém, o que defendiam os nazistas, o desempenho da Alemanha nada teve a ver com fatores eugenistas, mas sim com o pesado investimento financeiro do governo alemão nos diferentes esportes. Por outro lado, embora a Alemanha tenha sido o país com o maior número de medalhas, não venceu as principais provas de atletismo, considerada a modalidade mais nobre dos jogos. Pior que isso, os nazistas viram o americano negro Jesse Owens, neto de escravos do sul dos Estados Unidos, ganhar quatro ouros no atletismo, em pleno Estádio Olímpico de Berlim, nas provas de 100 metros rasos, 200 metros rasos, salto em distância e revezamento 4 x 100. A notícia de que Hitler se recusou a cumprimentar o campeão negro é falsa; apesar disso, o que é verdadeiro é a enorme decepção do governo ao ver, em seu próprio território, um negro levando para casa as principais medalhas dos jogos. Cabe ressaltar que, nos Estados Unidos de Jesse Owens, ainda vigoravam as leis de segregação racial. Em vista disso, esse atleta se permitiu afirmar, depois de suas conquistas: *"Não foi Hitler que me ignorou – quem o fez foi Franklin Delano Roosevelt. O presidente nem sequer me mandou um telegrama"*[7].

A importância dos jogos era tamanha que o próprio Hitler encarregou a célebre cineasta alemã Leni Riefenstahl (1902-2003) de produzir um documentário sobre o evento. A cineasta já havia filmado o congresso do Partido Nazista em 1934 e transformou o evento num filme de enorme sucesso, intitulado *Triunfo da Vontade* (*Triumph des Willens*, 1935). No novo filme *Olympia* (1936), Leni procurou associar a estética física dos atletas à ideia de harmonia e pureza racial. O registro dos jogos olímpicos,

---

7 https://www.dn.pt/gente/e-hitler-apertou-a-mao-a-jesse-owens-1347239.html

como documentário, mostrava a importância das práticas esportivas para o regime. Outros aspectos que cercam o trabalho da cineasta Leni Riefenstahl serão estudados com mais detalhes no capítulo *"Cinema Nazista: um convite sedutor para as massas"*.

O papel da educação no Terceiro Reich

Outra questão relevante, para entender como o nazismo foi amplamente aceito pela população da Alemanha, está no papel desempenhado pela educação. O sistema nazista partia do princípio que, para se iniciar uma nova ordem política, é necessário investir na formação dos mais jovens, porquanto estes podem ser mais facilmente convencidos a acreditar em novas ideias, de modo particular se esse trabalho for desenvolvido desde os anos iniciais da vida escolar. Além disso, dos mais jovens depende a continuidade do Terceiro Reich, num futuro próximo. Visando esses objetivos, o Estado nazista vai tratar a educação como um dos pontos fundamentais de seu governo.

Um dos primeiros atos do governo nazista quanto à educação será a transformação das antigas escolas públicas em Escolas Nacionais. Com isso, todas as disciplinas escolares serão reformuladas e deverão estar em consonância com os ideais nazistas. No livro *Mein Kampf* (Minha Luta), Adolf Hitler faz o seguinte comentário sobre a educação de perfil nazista:

"O trabalho de educação coletiva do Estado nacionalista deve ser coroado com o despertar do sentido e do sentimento da raça, que deve penetrar no coração e no cérebro da juventude que lhe foi confiada. Nenhum rapaz, nenhuma rapariga deve abandonar a escola sem estar convencido da necessidade de manter a pureza da raça" (HITLER, 2001, p. 322).[8]

Dessa forma, todas as disciplinas deveriam convergir para essa direção, procurando despertar no jovem estudante o sentimento de pertencimento a uma raça superior. Assim como nos esportes, a educação formaria indivíduos disciplinados e obedientes, pois cidadãos com essas características seriam mais facilmente governáveis, bem como mais adaptáveis à disciplina militar, aspectos fundamentais numa sociedade militarizada. Um fato relevante sobre a visão de Hitler, no tocante à educação, é que ele acreditava que os alunos deveriam aprender apenas as matérias consideradas "úteis", chegando a acusar, inclusive, o sistema educacional alemão de sobrecarregar o estudante com assuntos inúteis.

"Em primeiro lugar, o cérebro infantil não deve ser sobrecarregado com assuntos, noventa por cento dos quais são desnecessários e cedo esquecidos [...]. Em muitos casos, a matéria é tão vasta que só uma parte é conservada e essa mesma não encontra emprego na

---

8 HITLER, Adolf. *Minha luta: Mein Kampf.* São Paulo: Editora Moraes, 1983.pp 10

vida prática. Do outro lado, nada se aprende que seja de utilidade, em uma determinada profissão, para a conquista do pão cotidiano."[9]

Essa visão obtusa de Hitler em relação ao papel da educação diz muito sobre o nazismo. Revela-se aqui que esse sistema é inimigo do conhecimento. Qualquer forma de pensar que leve a uma reflexão mais profunda pode destruir as frágeis bases intelectuais e teóricas do próprio nazismo. Além disso, Hitler chama a atenção para matérias que não encontram utilização na vida prática. O aprender seria direcionado ao utilitarismo de uma profissão ou ofício, e não deveria, de forma alguma, incentivar a ação criativa e propiciar a diversidade de pensamento.

O governo nazista atuou por etapas no campo educacional. Primeiramente, implantou as Escolas Nacionais, o que exigia a reformulação de todo o corpo docente; professores de origem judaica ou de tradição comunista foram perseguidos ou assassinados. Além disso, a reformulação dos currículos transformou as diferentes disciplinas numa continuidade daquilo que se ensinava no interior do Partido Nazista. Uma das matérias que mais sofreu com as reformulações foi, obviamente, a disciplina de História. Todos os livros dessa disciplina foram revisados e passaram a contar uma história totalmen-

---

9 IDEM, 316

te política, em que Alemanha era apresentada como a grande nação que combateu militarmente diferentes inimigos ao longo de toda a sua existência. O historiador alemão H.W. Koch, que foi estudante no período da Alemanha nazista, faz o seguinte comentário sobre o ensino dessa disciplina:

> *A História também foi matéria seriamente atingida. Todos os livros da disciplina foram submetidos a rigorosa revisão. O primeiro compêndio de história que este autor recebeu num ginásio, em 1943, começava com Adolf Hitler e acabava com Anibal. A história era exclusivamente político-militar, focalizando a luta contínua do povo alemão pelo poder e pela existência.*[10]

Sob essa ótica, a História, enquanto disciplina escolar, deveria exaltar o nacionalismo, ou seja, apresentar ao estudante a ideia de que a Alemanha nazista era parte integrante de uma narrativa muito antiga, que remetia aos tempos dos bárbaros. A história deveria reverenciar o papel dos líderes, desde Aníbal, passando por Bismarck, até chegar a Hitler, ou seja, reafirmando a ideia de "Reich" como uma espécie de continuidade histórica do germanismo. Além disso, Hitler era, por vezes, retratado nos livros didáticos como uma figura messiânica, que tinha a incumbência de salvar a nação das trevas, cabendo às novas gerações a fé incondicional em seu líder.

---

10 KOCH, H. W. *A juventude hitlerista: Mocidade traída*. Tradução de Edmond Jorge. Rio de Janeiro: Ed. Renes, 1973. pp 98.

A segunda etapa de mudança no sistema educacional da Alemanha nazista se realizou com a implantação da formação extracurricular para os jovens. Quando Hitler ascendeu ao poder, incentivou a criação do *Comitê do Reich de ações para a juventude*, que viria a abrigar o projeto da *Hitlerjugend* ou *Juventude Hitlerista* (J.H.). Esse projeto visava à educação do jovem alemão com aulas, ministradas depois do horário escolar, de moral, civismo e atividades físicas. Estas últimas eram, na maioria das vezes, realizadas em condições de frio extremo e com roupas inadequadas para o inverno. Segundo a lógica da educação nazista, essas eram as condições que eles haveriam de enfrentar em uma possível guerra. Ao se tornar membro da J. H., o jovem alemão experimentava sensações desconhecidas até então. Alimentava a esperança de vir a ser alguém, adquiria o sentimento de pertencimento a um grupo e, acima de tudo, o jovem hitlerista se sentia protegido. Sobre esses aspectos, o historiador inglês Richard Evans faz o seguinte apontamento:

> *A possibilidade de viagens de férias com a Juventude Hitlerista, as instalações esportivas e muito mais podiam tornar a organização atraente para crianças de famílias pobres da classe operária, que antes não tinham oportunidade de desfrutar dessas coisas. Algumas podiam encontrar estímulo e um senso de valor pessoal na Juventude Hitlerista.*

Todas as possibilidades oferecidas por essa organização fizeram com que esses jovens se tornassem os soldados mais fiéis ao Terceiro Reich; de fato, foram os últimos a fazer a segurança de Berlim quando todo o exército alemão já havia sucumbido, em maio de 1945. Os nazistas pretendiam, com esse modelo de formação, uma profunda doutrinação visando, prioritariamente, a obediência cega, a disciplina extrema e a ordem militar. Preenchiam não apenas o tempo do estudante, mas também o vazio de se viver num país em crise e com poucas oportunidades para os jovens. Esse modelo de educação e de formação encontrava, na miséria e na crise financeira, uma fórmula infalível de absoluto sucesso.

O nascimento da República de Weimar

O nascimento da República de Weimar é um bom ponto de partida para entendermos melhor como ocorreu a ascensão política do Partido Nazista. A implantação da república veio depois que a monarquia alemã ruiu, com a derrota na primeira Guerra Mundial. O Kaiser (rei) alemão abdicou do trono e o posto de chefe supremo do país estava vago. Diversas tendências políticas se alinhavam para ocupá-lo. A disputa entre as essas diferentes tendências vai desenhar o caminho para a ascensão ao poder de um partido político de extrema direita, que era muito pequeno em 1919 para despertar qualquer preocupação por parte de seus adversários.

O martírio alemão, que levou à ascensão de Hitler ao poder, teve início em 8 de janeiro de 1918 quando o presidente dos Estados Unidos, Woodrow Wilson, apresenta aos países vencedores da primeira grande guerra (Inglaterra e França) um tratado de rendição para a Alemanha. O documento apresentava 14 pontos que encerravam em definitivo o conflito. O documento logo ficou conhecido como *14 pontos de Wilson*. O tratado não dava aos países vencedores nenhum benefício, mas tampouco cobraria dos países derrotados os prejuízos de uma guerra perdida. Essa proposta do presidente Wilson foi chamada de *paz sem vencedores*.

Por razões políticas e por causa dos enormes custos suportados durante quatro anos de guerra, os países vencedores rechaçaram a proposta. No lugar dos *14 pontos de Wilson*, os vencedores impuseram algo que seria o extremo oposto. A França, que havia sido derrotada pela Alemanha anos antes na guerra franco-prussiana (1871), via na vitória a oportunidade de dar o troco. A humilhação da França nessa guerra de 1871 havia sido completa. Primeiro, o país viu a Alemanha consolidar sua unificação, anexando parte do território francês, a Alsácia e a Lorena. Segundo, foi preciso recorrer à ajuda do exército alemão para derrotar o governo socialista que havia sido implantado no coração da capital francesa, a Comuna de Paris (1871). A necessidade do auxílio dos alemães para derrotar o governo da Comuna mexia com os brios de uma França derrotada e correndo o risco de ver a Comuna de Paris instalar um regime socialista na capital. Terceiro, com a derrota para os alemães, os franceses assistiam decepcionados à queda de outro Bonaparte, Napoleão III ou Luís Napoleão Bonaparte, sobrinho de Napoleão Bonaparte, que havia dado um golpe na república e implantado um novo império francês. A derrota dele para os alemães trazia de volta as feridas não cicatrizadas da França napoleônica. Além de tudo isso, a derrota de Napoleão III enterrava de vez o sonho de um império.

Os ingleses não aceitaram as condições dos *14 pontos de Wilson*, porque exigiam ser ressarcidos financeiramente dos enormes gastos feitos durante a guerra. Além disso, os ingleses queriam assegurar a manutenção do direito de suas colônias na África e na Ásia e, para que isso acontecesse, era fundamental uma Alemanha de joelhos diante das outras nações. Afinal, momentos antes da primeira guerra, os alemães haviam questionando a razão pela qual os ingleses tinham sido tão beneficiados na partilha da África, ocorrida na Conferência de Berlim, em 1884; esse, aliás, teria sido um dos principais motivos da eclosão da primeira grande guerra. Por último, os ingleses tinham enorme interesse no território do antigo Império Turco-otomano, que havia sido derrotado junto com a Alemanha. Esse território, que tanto interessava aos ingleses, correspondia aos atuais países do Iraque, Síria, Líbano, Israel e Palestina, região rica em petróleo e gás natural. Garantir uma Alemanha sujeita a um pesado tratado de paz era também uma forma de assegurar que a política de exploração do Oriente Médio, por parte dos ingleses, não encontraria nenhum opositor.

No dia 28 de junho de 1919, foi redigido o documento, que encerrava oficialmente a primeira grande guerra, e assinado no palácio de Versalhes, no mesmo local em que anos antes a França era humilhada pela Alemanha, no final da guerra franco-prussiana; o documento se tornou conhecido como Tratado de Versalhes. Alguns de seus principais pontos impunham à Alemanha a perda de parte de seu território para a França, perda de seus domínios coloniais na África, pagamento de pesadas indenizações para as nações vencedoras e considerável diminuição de suas forças militares. Com exigências tão pesadas, poucos partidos políticos na Alemanha se arriscariam a assinar um Tratado que iria afundar a Alemanha numa das maiores crises de sua história.

Nesse ponto, convém destacar a situação política da Alemanha e principalmente a posição ocupada pelos partidos de tradição operária. Desde 1848, o operariado alemão vinha desempenhando um papel preponderante no campo das lutas sociais. Não apenas na Alemanha, mas em diferentes países da Europa, trabalhadores saíram às ruas e promoveram uma onda de greves e protestos, que receberam o nome de "Primavera dos Povos". Esses movimentos de contestação eram fruto direto do crescimento industrial acelerado no decorrer do século XIX e, como regra infalível, quanto mais se expandiam os tentáculos da grande indústria, mais aumentava a exploração do trabalho em condições incrivelmente precárias.

O movimento operário nos Estados da confederação germânica era tão forte que se esperava que haveria de conduzir o processo de unificação da Alemanha sob a ótica do recém-criado socialismo científico. O pensador e sociólogo alemão Karl Marx, ao lado de Friedrich Engels, havia lançado as bases do que seria uma grande revolução do proletariado, com a tomada do poder e a distribuição dos meios de produção. O texto panfletário *Manifesto do Partido comunista* preconizava não apenas uma revolução do proletariado alemão, mas também daquele do mundo inteiro. A revolução proletária, no entanto, não vai ocorrer na Alemanha, mas na Rússia, com a Revolução de 1917. O movimento monarquista alemão, além de conter o avanço do movimento comunista, vai solidificar a unificação do país a partir da construção de um nacionalismo baseado em uma política militarista.

No momento da assinatura do Tratado de Versalhes em 1919, a Alemanha estava às margens de uma nova revolução proletária. Os grandes partidos políticos dessa época eram considerados de esquerda. O maior e mais influente era o Partido Social Democrata Alemão (SPD). O Partido havia sido fundamental na conquista de diversas melhorias para a classe trabalhadora, entre os anos de

1914 e 1918, mas o SPD vai adotar uma posição favorável à assinatura do Tratado Versalhes, sendo o fiel da balança nesse ato, uma vez que o parlamento alemão estava dividido. Vale ressaltar que a recusa da assinatura do tratado poderia acarretar duas graves consequências: primeiro, a Alemanha ficaria impedida de receber qualquer tipo de ajuda financeira para reconstruir o país; segundo, a guerra poderia ser retomada, uma vez que o tratado de Versalhes era o documento que marcaria em definitivo o fim da primeira Guerra Mundial.

A oposição alemã mais radical e inteiramente contrária à assinatura do Tratado de Versalhes vinha do Partido Social Democrata Independente (USPD), uma força política de esquerda, que havia surgido de uma cisão do Partido Social Democrata Alemão. É dos quadros do USPD que vão surgir as lideranças comunistas de Karl Liebknecht e Rosa Luxemburgo, responsáveis por liderar o movimento operário comunista da Alemanha, conhecido na época como "Liga de Spartacus". O nome fazia referência ao líder da principal revolta escrava de Roma, Spartacus, que teria liderado, segundo o historiador romano Plutarco, um grupo de gladiadores, vencendo as legiões romanas por três vezes. A *Liga de Spartacus* na Alemanha de 1919 representava, para o povo alemão, a dupla esperança de poder dizer não ao Tratado de Versalhes e ainda efetivar o sonho da revolução proletária, frustrada em 1848.

Assim como em 1848, no entanto, os comunistas serão novamente derrotados por forças conservadoras. Os Sociais-Democratas (SPD) se aliaram a grupos paramilitares alemães de extrema-direita, denominados *Freikorps* (Corporações Livres), que promoveram um verdadeiro massacre entre os componentes da *Liga de Spartacus*. Os líderes comunistas Rosa Luxemburgo e Karl Liebknecht foram brutalmente assassinados. Sem os comunistas pela frente, o agora fortalecido Partido Social Democrata Alemão, consolidaria as bases da nova república, na cidade de Weimar (por isso chamada de República de Weimar) que, de imediato e de forma incondicional aceitava os termos do Tratado de Versalhes. Essa era a segunda vez, em menos de 100 anos, que a classe trabalhadora da Alemanha via naufragar seus planos de tomada do poder. Essa derrota das forças de esquerda vai custar muito caro aos alemães, visto que o agravamento da crise política vai pavimentar o caminho da ascensão do Partido Nazista. Em linhas gerais, os anos da república de Weimar (1919-1933) foram de baixo crescimento econômico e de aumento das tensões políticas. Esse cenário será perfeito para a aceitação de um discurso de ódio e de perseguição.

O nascimento do Partido Nacional-Socialista

Com essa nova configuração, caberia ao Partido Social Democrata (SPD) conduzir a república para novos rumos. A situação não era nada fácil e a nova república nascia no seio de uma forte crise econômica, social e política. A crise econômica vinha naturalmente dos gastos de quatros anos de guerra e dos onerosos pagamentos aos países vencedores dessa guerra. A crise social era uma decorrência da crise econômica. Faltava tudo na mesa da população e nada levava a crer que aquela situação haveria de mudar, a curto prazo. Por último, a crise política se instalou, pois, para consolidar-se como maior força da nova república, a social-democracia se aliou a grupos paramilitares com a intenção de suplantar a força dos comunistas nas assembleias. A questão é que esses perigosos grupos vão cobrar a conta por ter feito parte dessa manobra política da social-democracia.

Já nos primeiros anos da República de Weimar se assiste ao aumento exponencial de diversos grupos paramilitares no país. Esses grupos, chamados genericamente de *Freikorps*, eram formados, em sua maioria, por ex-soldados da primeira guerra, que vagavam pelas ruas, pois, segundo o Tratado de Versalhes, a Alemanha teria de reduzir seu exército de aproximadamente três milhões de soldados para 100 mil. Constituíam uma multidão de desempregados e descontentes com os rumos da nova política. De maneira geral, não aceitavam a desmilitarização do país no pós-primeira guerra. Por isso passaram a se organizar em associações clandestinas financiadas, geralmente, por grandes industriais do país.

Além de agir com extrema violência e à margem do próprio Estado, esses grupos andavam livremente armados pelas ruas. Com o passar dos anos e com o agravamento das crises na República de Weimar, os grupos paramilitares vão se tornar peça fundamental na ascensão de Hitler.

Nos anos da República de Weimar, cresceu também o peso do exército na sociedade, embora se saiba que, desde a formação do primeiro Reich com Otto Von Bismarck, o exército sempre desempenhou papel fundamental tanto na organização do próprio Estado quanto na política. O fato novo é que o exército está cada vez mais independente em relação ao sistema político. Isso significa que, do ponto de vista jurídico, o exército, que seria a entidade responsável por garantir o cumprimento da Constituição e das decisões políticas na República de Weimar, estava cada vez mais distante desses propósitos. Com o crescimento do papel do exército na sociedade e com a ascensão dos grupos paramilitares, ficava cada vez mais claro que o Estado e as instituições não dariam conta de conter o avanço totalitário. A república era ainda muito jovem e muito frágil para conter esse movimento que vinha das ruas e dos quartéis. O discurso comum para a maioria desses grupos era o discurso nacionalista.

Podemos identificar o nascimento do sentimento de nacionalismo na Europa a partir da ascensão de Napoleão Bonaparte ao poder, em 1799. Napoleão baseou seu nacionalismo nos ideais franceses de *liberdade, igualda-*

de e fraternidade, cuja defesa justificaria as conquistas militares como um direito fundamental que seu país teria sobre os demais. Ao compor a Confederação do Reno, Napoleão também acirrou os nacionalismos europeus contrários à sua expansão. Esse aspecto vai constituir a base dos conflitos militares durante todo o século XX.

Na Alemanha, o nacionalismo surge como um poderoso discurso de união e de unidade contra os inimigos externos que haviam colocado a Alemanha naquela situação. Além disso, o nacionalismo alemão se nutre das teses eugenistas para justificar uma suposta herança sanguínea haurida dos povos de tradição germânica, o que justificaria a construção de uma unidade alemã de caráter expansionista. O autor francês Jacques Julliard faz uma observação muito pertinente sobre esse sentimento e que pode ser aplicada à realidade alemã do período nazista.

> *A atitude nacionalista típica é uma reação de orgulho ferido, até mesmo, de cólera impotente. Não é um acaso se o discurso nacionalista é quase sempre de natureza colérica, permeado de conotações sexuais machistas, propícias a desencadear no ouvinte indignação, sentimento brusco de orgulho e desejo de desforra. Não sendo obrigatoriamente reacionário, o nacionalismo é, com toda a certeza, reativo.*[11]

---

11 JULLIARD, Jacques. *O fascismo está voltando? A queda do comunismo e a crise do capitalismo*. Rio de Janeiro:

No trecho destacado, o nacionalismo é apresentado como uma força de sentimento reativo permeado por uma tendência militarista. E são essas as caraterísticas do nacionalismo que vão cooptar tanto os grupos paramilitares quanto os militares. A crescente aceitação desse discurso, bem como a indiferença ante as ações brutais e violentas das milícias paramilitares, revela que a construção do nazismo não dependeria exclusivamente do surgimento de uma liderança carismática, como a de Hitler; isso seria apenas a cereja no bolo de uma sociedade que aceitava cada vez mais a eliminação física do outro como a forma mais eficiente da reconstrução de seu país.

É nas bases do nacionalismo e da eugenia que vai nascer o Partido Nacional- socialista dos Trabalhadores Alemães (*Nationalsozialistische Deutsche Arbeiterpartei*) ou Partido Nazista (NSDAP). O Partido Nazista nasceu de um partido pequeno e pouco importante denominado Partido dos Trabalhadores Alemães (*Deutsche Arbeiterpartei*) conhecido pela sigla DAP. Este havia sido fundado na cidade de Munique, em 19 de janeiro de 1919, para disputar a eleição constituinte da República de Weimar, mas teve uma votação absolutamente inexpressiva. Seus fundadores foram os escritores Anton Drexler e Karl Harrer, conhecidos na época pela defesa do discurso nacionalista e antissemita. Nos primeiros anos, o Partido não reunia mais do que vinte membros, quase todos funcionários da estação ferroviária de Munique, onde o Partido havia sido fundado.

Apenas dez meses depois da fundação do Partido, Adolf Hitler foi assistir a uma de suas reuniões na cervejaria Bürgerbräukeller, em Munique. Sentiu-se imediatamente atraído pelo discurso nacionalista, antissemita e anticomunista. Dias mais tarde, Hitler teve sua filiação aceita. Com a adesão dele, o Partido ganhou uma figura de discurso cativante e com enorme poder de convencimento. Reunidos semanalmente nas cervejarias de Munique, seu número cresce consideravelmente em pouco tempo. Trabalhadores das fábricas, desempregados, militares e grupos paramilitares começam a se identificar com as palavras proferidas pelo novo líder. Em 24 de fevereiro de 1920, o próprio Hitler propõe a mudança de nome para Partido Nacional-Socialista dos Trabalhadores Alemães, o NSDAP.

O novo nome do Partido trazia ainda o adjetivo "socialista", apesar de primar por um discurso inteiramente anticomunista e antissocialista. Isso ocorria porque Hitler reconhecia o poder de convencimento e a aceitação, por parte da classe trabalhadora, das ideias de esquerda. Ainda assim, o novo nome do Partido não trazia a palavra "socialista" sozinha, mas acompanhada de "nacional", o que mudava totalmente seu sentido.

O novo partido *Nacional-Socialista* nada tinha de socialista ou de comunista, muito pelo contrário, desde sua fundação estava guiado pela ideia do nacionalismo eugenista. Além disso, o Nacional-Socialismo vai encontrar nas ideias de igualdade social seu mais forte antagonismo; para o nazismo, os seres humanos eram diferentes biologicamente; como poderiam ser, dessa forma, iguais economicamente, conforme defendem os partidos socialistas e comunistas? Na concepção de Hitler, inclusive, o socialismo e o comunismo só poderiam ter nascido da cabeça de um degenerado judeu, Karl Marx. O pensador alemão Joachim Fest resumia da seguinte maneira a menção do socialismo na composição do nome do Partido.

> *Nos anos 30, o partido de Hitler era "socialista" só para obter vantagem do apelo emocional da palavra, e um partido 'dos trabalhadores' como um engodo para capturar a força social mais energética. Como as declarações de Hitler por seu respeito à tradição, aos valores conservadores, ou ao cristianismo, os slogans socialistas eram só artefatos ideológicos móveis, para servir como camuflagem e tapear o inimigo.*[12]

A apropriação do termo *socialismo* por parte de Hitler visava, portanto, conquistar a simpatia da classe trabalhadora alemã, classe que já havia mostrado enorme poder de mobilização nas jornadas de 1848 e nas greves de 1919. Além disso, no caso do *Nacional-Socialismo*

---

12 FEST, Joachim. *Hitler: volumes 1 e 2*. Rio de Janeiro: Nova Fronteira, 2017. p.163.

é mais importante a compreensão do termo *nacional* do que propriamente o uso do termo *socialismo*. Isso porque aqui o uso do termo socialismo é totalmente falacioso. A ideia de supremacia das raças, vista desde a fundação do Partido, jamais poderia ser associada com qualquer uma das vertentes do socialismo presentes no mundo naquele período.

A tentativa de golpe de 1923 ou Putsch da Cervejaria

Desde os primeiros dias de formação do Partido Nacional-Socialista estava claro, pelo menos para Hitler, que o poder na República de Weimar poderia ser tomado por meio de um golpe. Ele acreditava que o frágil governo de Weimar não conseguiria abafar um movimento que viesse do povo e ganhasse as ruas de todo o país. A inspiração vinha da Itália. Em 1922, o fascista Benito Mussolini (1883-1945) havia tomado o poder com forte apoio de grupos paramilitares conhecidos como *camisas negras*. Mussolini e os "camisas negras" marcharam pelas ruas da capital para forçar a nomeação de um novo governo com Mussolini como líder. A manifestação de caráter golpista ficou conhecida como *Marcha sobre Roma*. Durante a caminhada, milhares de italianos se juntaram ao grupo e forçaram o rei Vitor Emanuel III a nomear Mussolini como primeiro-ministro. Na prática, era o fim do governo liberal da Itália e o início do governo fascista do "Duce".

Até novembro de 1923, Adolf Hitler acreditava ser possível tomar o poder por meio de um golpe. Ele e o Partido Nazista tentariam chegar ao poder começando por derrubar o governo da Baviera, maior Estado alemão. Faria isso partindo da cidade de Munique, saindo da cervejaria *Burgebräukeller*. Mais de uma razão levou Hitler a escolher esse local. Primeiro, desde as primeiras reuniões, o Partido Nacional-Socialista utilizava o espaço das cervejarias como local de encontro e difusão das ideias nazistas. Segundo, as cervejarias eram um dos principais pontos de encontro das classes trabalhadoras dos centros urbanos, desde meados do século XIX. O Partido Nazista reconhecia nesses espaços o local perfeito para fazer chegar seu discurso às massas. Terceiro, o interior das cervejarias estava longe dos olhos da polícia e demais autoridades. Qualquer discurso de cunho golpista ali proferido não seria punido.

O golpe não teve êxito por algumas razões. Uma parte do exército e das forças policiais, que estava apoiando a causa de Hitler, o abandonou momentos antes da marcha em Munique. Sem esse apoio, seria muito difícil enfrentar as forças do Estado. Outro fato determinante para o fracasso do golpe foi apostar em demasia na força dos grupos paramilitares. Estes, por mais que fossem bem organizados sob a tutela do Partido Nacional-Socialista, não tinham armamento suficiente para enfrentar as forças do Estado. E por último, as massas não estavam totalmente convencidas de que as propostas do Partido Nacional-Socialista eram as corretas para aquele momento. Embora tivesse havido uma grande aceitação das ideias do Partido, o número de pessoas que aderiram à marcha de Hitler em Munique foi muito menor do que ele esperava e menor ainda, se comparado com a adesão da população italiana quando Mussolini havia feito o mesmo.

A tentativa de derrubada do poder não passou, portanto, de um enfrentamento relativamente curto com as forças do exército. Diversos membros do Partido Nazista foram mortos ou presos; o próprio Hitler foi encarcerado e acusado de alta traição. O episódio acabou por mostrar a Hitler dois erros dentro de sua tese sobre a tomada do poder. Primeiro, o Partido Nacional-Socialista não conseguiria tomar o poder à força. Para que a ascensão nazista tivesse êxito, era necessário fazer parte do jogo democrático, ou seja, o modelo italiano de tomada de poder não serviria para um país com as características da Alemanha. Em segundo lugar, a baixa adesão do povo ao movimento mostrava que a mensagem do Partido deveria ser transmitida de forma mais ampla e eficiente. As ideias do nacional-socialismo deveriam chegar ao maior número possível de pessoas; somente assim seria possível a adesão das massas para a causa nazista.

Não faltaria tempo para que Hitler pensasse nos erros em que incorrera no Putsch da Cervejaria. Ele havia sido condenado a cinco anos de prisão por alta traição.

No cárcere, Hitler escreve uma espécie de manual de atuação do Partido Nazista. O livro trazia as principais teses sobre a raça ariana. O manuscrito recebeu o título de *Mein Kampf* (Minha Luta) e teve ampla divulgação naquele momento. O próprio julgamento de Hitler foi um verdadeiro palanque para a divulgação de suas ideias nacionalistas. A notoriedade e a aceitação das ideias nazistas ganharam força com a soltura dele, depois de um ano apenas, não tendo chegado a cumprir nem um terço da pena. Hitler foi beneficiado pelo parecer de um juiz simpatizante das causas do Nacional-Socialismo. Depois do golpe frustrado, Hitler muda de estratégia e passa a ver nas eleições a forma mais eficaz de chegar ao poder.

A ascensão ao poder do Partido Nazista

Hitler desiste, portanto, da ideia de tomar o poder por meio de um golpe. Em vez de tentar derrubar o governo dessa forma, prevalecia agora a ideia de fortalecer o Partido, participar das eleições, tanto legislativas quanto do executivo, aumentando assim a influência política e o número de cadeiras nos cargos eletivos. A nova estratégia de Hitler se apoiaria em três pilares: primeiro, construção de um forte e comovente discurso nacionalista, antissemita, anticomunista e contra os países que haviam colocado a Alemanha naquela situação; segundo, a mensagem nazista deveria chegar a toda a nação por meio de eficiente propaganda política; terceiro, uso indiscriminado da violência. Crescia nas ruas da Alemanha o uso da violência contra os opositores do nazismo. Embora, depois do Putsch de 1923, Hitler achasse que só com a força e a violência seria impossível chegar ao poder, ainda assim não desistiu do uso da violência como arma política. Fortalecendo esse tripé e participando das eleições, a chegada ao poder era somente uma questão de tempo. A oportunidade surgiria com a morte do presidente social-democrata Friedrich Ebert, em 1925.

Concorreria, pelo Partido Nacional-Socialista, o militar Erich Friedrich Wilhelm Ludendorff, general do exército na primeira guerra e figura bastante conhecida na Alemanha. Hitler não foi candidato porque, apesar de livre da cadeia, estava proibido de discursar em público até o ano de 1927. Mas a falta de carisma fez com que Wilhelm Ludendorff tivesse pouco mais de 1% dos votos. O vencedor foi o conservador e também veterano da primeira guerra Paul von Hindenburg. Vale lembrar que a República de Weimar era uma república parlamentarista, ou seja, o poder executivo era dividido com o chanceler, escolhido pelo presidente. O legislativo federal era bicameral ou composto de duas casas, o Reichstag e o Bundesrat. O primeiro era uma espécie de Câmara dos Deputados, enquanto o segundo era parecido com nosso Senado Federal.

O governo do conservador Paul von Hindenburg se mostrou bastante eficiente, entre os anos de 1925 e 1929, fazendo com que até seus opositores do Partido Social Democrata formassem com ele uma aliança política conservadora no Reichstag. A hiperinflação foi controlada e a indústria alemã começava a dar sinais de melhora. Isso se refletiria nas eleições para o parlamento alemão. Em maio de 1928, a Social Democracia levou a maior parte das cadeiras, enquanto os conservadores ficaram com a segunda maior bancada e o Partido Nacional-Socialista ficou com apenas 12 cadeiras. A recuperação da Alemanha era uma realidade até outubro de 1929 quando uma simples quinta-feira entrou parra a história mundial como o pior dia para o capitalismo. A quebra da bolsa de Nova Iorque apanhou todo o mundo de surpresa. A década de 1920 se distinguia pelo rápido crescimento e ampla expansão da economia norte-americana. Com um mercado europeu desestruturado por causa da primeira guerra, cabia aos Estados Unidos o papel de protagonista da economia mundial. Cabia ainda a seus bancos ofertar juros acessíveis para que as economias europeias pudessem se recuperar.

Com a economia americana a todo o vapor durante quase 10 anos, o que poderia explicar a quebra da Bolsa de Nova Iorque em 1929? A maioria dos economistas concorda que o que houve em 1929 foi uma crise causada por uma superprodução de bens de consumo duráveis, como carros, geladeiras, rádios, etc. Esses produtos de longa durabilidade levariam anos para serem trocados por novos. Como o mercado americano se havia expandido, durante esses anos, com elevados índices, não sobrava mais espaço para o consumo continuar crescendo no mesmo ritmo. Uma família de classe média americana não precisava ter, em 1929, dois rádios, duas geladeiras ou mais de um carro. Essa estagnação momentânea na demanda fez aumentar a oferta de produtos nas prateleiras. Com produtos encalhados e preços em baixa, as empresas foram ao mercado de ações negociar e, principalmente, vender ações que haviam comprado anos antes, durante a era de ouro. O resultado foi desastroso, pois as empresas passaram a descontar seus títulos no mercado, o que acabou criando uma bolha especulativa. Em decorrência, houve falta de dinheiro nos bancos e as empresas começaram a quebrar. Lembrando que nesse período a economia capitalista já estava suficientemente internacionalizada, uma forte queda na principal economia capitalista do mundo haveria de arrastar com ela todas as economias capitalistas do Ocidente. Os países europeus, que ainda estavam se recuperando dos danos da guerra, vão sentir essa crise de maneira brutal, principalmente a Alemanha, que vai ver disparar a aceitação do discurso nazista.

Com a grande depressão, todos os avanços que haviam sido alcançados até então se pulverizaram. A Alemanha votava a enfrentar o fantasma da inflação e do desemprego. Nos anos da grande depressão, o que se via nas ruas da Alemanha era o crescimento da fome e da miséria. A resposta da população a essa nova crise alemã viria nas eleições de 1930, em que seriam eleitos os novos membros do Reichstag. O Nacional-Socialismo conseguiu dar um enorme salto e conquistou 107 cadeiras, perdendo apenas para o Partido da Social Democracia com 143 cadeiras.

Dois anos depois, haveria eleições presidenciais e Adolf Hitler, livre de qualquer empecilho legal, seria o candidato à presidência pelo Partido Nacional-Socialista. O vencedor foi o conservador Paul von Hindenburg, reeleito com amplo apoio dos social-democratas, que viam nele um "mal menor", se comparado a Hitler. Hindenburg teve 56% dos votos, enquanto Hitler obteve 36%. Com o aprofundamento da crise e uma votação expressiva, Hitler ganhava alto poder de barganha para tentar ser escolhido como chanceler. Mas Hindenburg escolhe como chanceler Franz von Papen, que tinha razoável aceitação entre a burguesia e os industriais. O governo de Hindenburg (presidente) e Franz von Papen (chanceler) vai durar apenas seis meses. Greves e sucessivos protestos levaram o presidente a trocar seu chanceler e nomear para o cargo o ministro do exército, Kurt von Schleicher. A crise social e política se havia agravado a tal ponto que, apenas dois meses após a nomeação do novo chanceler, as agitações sociais promovidas pelos grupos paramilitares ligados ao Partido Nazista levam Hindenburg a ter de negociar o cargo de chanceler com Hitler. Foi do ex-chanceler Franz von Papen a ideia de demitir o então primeiro-ministro e colocar Hitler em seu lugar; por motivos de segurança, o próprio Franz von Papen seria nomeado vice-chanceler, com o objetivo de tentar evitar qualquer tentativa de Hitler de subverter as instituições da república. Hindenburg não vê essa solução com bons olhos, uma vez que considera Hitler como alguém capaz de desrespeitar as instituições para conquistar o poder. Mesmo contrariado, Hindenburg concorda com essa solução, assumindo a responsabilidade de coibir qualquer manobra golpista por parte de Hitler. Mas esse posicionamento se provaria de todo insuficiente diante do avanço do Nacional-Socialismo nas ruas e nas urnas.

Menos de um mês depois de Hitler assumir o cargo de chanceler, o Partido Nazista incendeia o *Reichstag* alemão, colocando a culpa do incêndio no Partido Comunista da Alemanha, acusando-o de tentar articular um golpe. Esse ato levou à aprovação do "Decreto do Incêndio do Reichstag", de 28 de fevereiro de 1933, com o qual o Partido Comunista é posto na ilegalidade e sindicatos são fechados. Quatro meses depois, o Partido Social Democrata também é posto na ilegalidade e alguns de seus membros são presos. Com toda a oposição sob controle, Hitler leva para apreciação do parlamento o projeto de lei *Ermächtigungsgesetz* (Lei habilitante) ou "Lei para redimir a angústia do povo alemão", de 1933. Em linhas gerais, a lei dava a Hitler e a seu gabinete de governo o poder de aprovar leis sem a necessidade de votação no *Reichstag*. Na prática, tanto o "Decreto do Incêndio do Reichstag" quanto a "Lei habilitante" davam a Hitler o poder de governar sem oposição, sem parlamento e sem o controle de seu vice-chanceler; esses atos caracterizavam o início de uma ditadura. O único empecilho para Hitler seria o presidente Hindenburg, que morreria em 2 de agosto de 1934. Curiosamente, um dia antes de sua morte, o gabinete de Hitler aprovou a chamada "Lei sobre o mais alto cargo do Reich", que deliberava que, em caso da morte do presidente, seriam abolidos seus poderes e o cargo de presidente seria fundido com o de chanceler. O novo poder executivo seria ocupado por Hitler que, oficialmente, se tornaria *Führer und Reichskanzler* (Líder e Chanceler do Reich). Na prática, Hitler alcançou seus objetivos, tornando-se o "Führer" da nação alemã, com poderes políticos quase ilimitados.

Os pilares do nacional-socialismo

Adolf Hitler via no Partido o veículo perfeito para a ascensão do nazismo. Caberia ao Partido o convencimento e condução das massas e, posterirormente, competiria ao Partido a reorganização do Estado com vistas ao que se pregava na ideologia nazista. Devido a essa importância, o alto comando do Partido, e posteriormente do governo, poderá ser ocupado somente pelas pessoas da mais alta confiança de Hitler.

Nascido em 7 de outubro de 1900, Heinrich Himmler é o segundo filho de uma professora católica de Munique. Ao completar 18 anos, se alistou para defender a Alemanha durante a primeira guerra mundial. Seu treinamento militar básico ainda não havia acabado quando a Alemanha foi derrotada na guerra. Himmler ficou arrasado com a humilhação do país. Estava convencido de que, para sair da crise, era necessário recuperar o orgulho perdido da nação e viu no discurso de Hitler a resposta aos males do país. Ele tinha um diário pessoal, que ganhou aos 10 anos de idade, e costumava escrever nele com frequência. Havia, no mesmo, anotações de cunho antissemita e em defesa do nacionalismo dez anos antes de ser apresentado a Hitler. Entra no Partido em 1923 e será um dos homens de maior confiança do *Führer*. Exatamente por isso vai caber a ele o comando da poderosa tropa "*Schutzstaffel*" (Esquadrão de proteção), mais conhecida pela sigla S.S. Esse esquadrão, como muitos outros do sistema nazista, nasceu como um agrupamento paramilitar no início dos anos 20. Sob o comando de Himmler, a S.S. será temida tanto por sua crueldade quanto por sua violência.

Quando o nazismo assumiu o governo, em 1933, a S.S. será dividida em três diferentes subcomandos. O primeiro era a *Allgemeine-SS*, responsável por cumprir as medidas de limpeza racial imposta por Hitler, dedicando-se especialmente à perseguição contra os judeus.

Existia também a *Waffen-SS*, que era formada por unidades de combate das forças armadas e que irá coordenar o front nazista quando do início da segunda guerra mundial. O terceiro subcomando da S.S. era o *SS-Totenkopfverbände* (S.S. Cabeça da morte), designativo proveniente de uma caveira que seus membros ostentavam como símbolo, no colarinho dos uniformes. Essa unidade será a responsável pela administração dos campos de concentração. As maiores barbaridades cometidas nos campos de concentração nazistas foram praticadas por esse subcomando da *S.S.*

Outro nome que gozava da total confiança de Hitler e que fazia parte do alto escalão do governo nazista era Hermann Wilhelm Göring. Também veterano da primeira guerra mundial, havia sentido na pele o peso da humilhação alemã. Durante o governo nazista, Göring vai receber o comando da Gestapo e posteriormente da força aérea alemã conhecida como *Luftwaffe*. A Gestapo nasceu como uma polícia secreta da antiga Prússia e comandava investigações contra os inimigos políticos do Estado. A Gestapo agia na prática tanto como polícia, que prendia de forma arbitrária quem fosse considerado suspeito, quanto como tribunal de execução. Isso implica dizer que, ao prender uma pessoa, era a própria Gestapo que decidia seu destino e, para muitos, esse destino foi a morte. Um dos procedimentos da Gestapo era o de colocar um de seus membros como infiltrado em fábricas. Depois de um tempo convivendo na rotina da fábrica, o infiltrado incitava os demais trabalhadores a uma revolta contra as péssimas condições de trabalho. A seguir, o agente da Gestapo passava uma lista com nome e endereço dos presentes em reuniões ou assembleias. À noite, os trabalhadores que haviam assinado a lista eram acordados com batidas fortes na porta, tão características que, na época, foram denominadas de "batidas da Gestapo". A partir desse momento, ninguém mais teria notícias do operário que, na maioria das vezes, era morto pela polícia secreta.

Outro tentáculo importante do Partido Nazista será conhecido como *S.A.*, sigla de *Sturmabteilung* (Destacamento tempestade). Assim como a *S.S.*, a *S.A.* nasceu como um grupo paramilitar. Faziam parte do embrião dessa organização jovens desempregados, marginais delinquentes, arruaceiros e ex-combatentes da primeira guerra. Seus métodos eram dos mais violentos e tinham como objetivo levar o medo e o terror aos opositores do nacional-socialismo. O comando da S.A. coube ao ex-combatente da primeira guerra Ernst Röhm, que estava no Partido desde sua fundação e foi alçado a comandante da S.A. em 1931 quando o grupo já tinha milhares de soldados em suas fileiras. O rosto de Röhm era coberto de cicatrizes, resultantes de ferimentos durante as batalhas da primeira guerra. A visão tenebrosa de seu rosto e seu discurso sempre duro escondiam um grave segredo.

Röhm era homossexual e essa sua orientação não era bem vista pelo alto comando militar nazista. Esse fato acabou sendo exposto por um jornal da Alemanha, que publicou cartas de Röhm a seus amantes. Além disso, o alto comando do Partido desconfiava que Röhm tinha planos de assumir o poder, no lugar de Hitler. Seu desejo era incorporar a S.A. ao *Reichswehr* (Forças Armadas do Reich) e, dessa forma, ter suficiente poder militar para se opor a Hitler.

Os planos de Röhm serão frustrados na noite de 30 junho de 1934 quando teve início o episódio conhecido como *Noite dos longos punhais* ou *Noite das facas longas*. Nessa noite, serão assassinados e presos pela S.S. e a mando do próprio Hitler, todos os que eram considerados inimigos do Reich; e Röhm será um deles. Ao menos 85 pessoas foram assassinadas e dezenas foram presas. A maioria dos mortos era de membros do Partido Conservador ou aliados de Röhm. Depois do episódio, Hitler se viu livre de toda e qualquer forma de oposição e, de modo particular, livre de quem poderia ameaçá-lo no futuro. Com a morte de Röhm, a S.A. perde importância. A maioria de seus membros será realocada na Gestapo e na S.S. Dois fatores devem ser destacados no episódio que levou à quase extinção da S.A. Primeiro, a S.A. estava se tornando cada vez mais um corpo independente em relação às Forças Armadas do Reich; esse fator poderia colocar em risco o rigoroso sistema hierárquico dentro do Partido Nazista e do próprio Estado nazista. Segundo, em 1934, pouco antes da *Noite dos longos punhais*, a força militar S.A. tinha 4 milhões de pessoas vestindo as camisas marrons, ou seja, um grupo cada vez maior e cada vez mais independente que poderia, com o tempo, organizar uma tentativa de derrubada do governo.

O governo de Adolf Hitler

Assim que Hitler sobe ao poder, deixa claro que a democracia já havia cumprido seu papel na Alemanha. Já havia levado ao poder o Partido Nazista e por isso não tinha mais porque existir. Com plenos poderes e sem qualquer oposição dentro do jogo político, Hitler institui em 1934, após a chamada "Noite das facas longas", a existência de um único Partido político. A Alemanha de Hitler passa a ser o governo de um só. O Reichstag, poder legislativo federal, era composto unicamente por membros do Partido Nazista. Sem qualquer empecilho, Hitler coloca em prática uma política pública eugenista e antissemita, que já fazia parte do programa do Partido Nazista desde o início dos anos 20.

As primeiras leis antissemitas da Alemanha nazista foram baixadas logo nos primeiros anos de governo. Essas leis tinham como finalidade tirar os judeus do serviço público, sob a alegação de "não serem pessoas confiáveis". Isso foi realizado por meio da "Lei para a Restauração do Serviço Público Profissional", de 7 de abril de 1933. No mesmo ano, foi promulgada a lei que restringia o número de alunos judeus nas escolas e universidades. A seguir, vieram os decretos sobre as chamadas "atividades judaicas", ou seja, profissões que eram praticadas pelos judeus da Alemanha, como a medicina e o Direito. Por esse decreto, ficava proibido o pagamento de médicos e advogados judeus por meio da utilização do fundo da saúde pública. O mesmo decreto proibia também que pacientes não judeus fossem tratados por médicos judeus. Em 1934, outro decreto antissemita proibia atores e diretores judeus de atuar no teatro e no cinema, o que oficialmente resultaria no fim do movimento expressionista alemão no cinema, que já estava cambaleante desde a ascensão de Hitler ao poder.

Tudo isso havia ocorrido antes do endurecimento total, que veio com as chamadas "Leis de Nuremberg", duas leis distintas, aprovadas em 1935. Hitler convocou o parlamento, inteiramente nazista, para aprovar a *Lei de Cidadania do Reich* e a *Lei de Proteção do Sangue e da Honra*. A primeira determinava que seria considerado cidadão somente aquele de raça ariana e que tivesse, portanto, sangue genuinamente alemão. As famílias consideradas da raça ariana recebiam um documento assegurando sua pureza racial. Esse documento se tornou objeto de grande vergonha no seio das famílias, depois de terminada a segunda guerra mundial. A segunda lei denominada *Proteção do Sangue e da Honra* proibia o matrimônio entre judeus e não judeus, condenando as relações sexuais entre judeus e não judeus, que eram denominadas pelos nazistas como "desgraça racial" (*Rassenschande*).

A aprovação dessas leis pelo parlamento alemão ocorreu durante o congresso anual do Partido Nazista, realizado na cidade de Nuremberg, em setembro de 1935. Alguns meses antes, Leni Riefenstahl lançava seu filme "Triunfo da Vontade" e arrastava multidões aos cinemas, mostrando, na tela grande, o mesmo congresso ocorrido um ano antes. Todos os níveis da vida pública e privada de milhares de judeus eram atingidos: escola, trabalho, lazer, direito de ir e vir. As notícias de morte e desaparecidos entre os semitas aumentavam a cada dia. Em 1938, ocorreu o episódio que marcou definitivamente o crescimento da violência contra os judeus, conhecido como *Noite dos Cristais*.[13] Esse designativo fazia referência aos vidros estilhaçados que cobriam ruas e calçadas de Berlim, resultantes de ataques a lojas de judeus e a sinagogas, perpetrados por membros da S.A., da S.S. e pela população civil. Pelo menos 91 judeus foram mortos nesses atos de vandalismo e foram efetuadas centenas de prisões, além de saques e outras arbitrariedades, registradas em diferentes cidades da Alemanha e da Áustria.

Como parte do plano de políticas voltadas à raça ariana, mais de 400 mil pessoas foram esterilizadas nos

---

13 Este episódio é denominado em hebraico de Pogrom que significa "perseguição contra uma etnia".

primeiros anos de governo do Reich, visando tanto o controle populacional quanto um suposto controle de hereditariedade. Também data do início do governo nazista a implantação dos primeiros "campos de trabalho", destinados, em princípio, aos opositores políticos, judeus e ciganos. A justificativa para a existência desses campos era de que os presos não poderiam ficar inativos e sustentados pelo governo. Deveriam, portanto, trabalhar. Mas o trabalho era realizado em condições desumanas, com uma excessiva sobrecarga de horas. Durante a expansão nazista e a segunda guerra, surgem os "campos de concentração", destinados ao trabalho forçado de judeus e de todos os opositores, além dos prisioneiros de guerra. Por fim, o regime nazista vai criar os "campos de extermínio", construídos exclusivamente para a execução de milhares de pessoas.

Sob o ponto de vista político, o governo nazista seguia com rigor os princípios que norteavam a ideologia nazista desde seu nascimento. Sob o ponto de vista econômico, o governo de Hitler se mostrou exitoso. Vale ressaltar que governar sem nenhuma oposição é muito mais fácil do que governar um país com um sistema pluripartidário. Ainda assim, como explicar o sucesso econômico da Alemanha? Em apenas cinco anos, a economia alemã sai de sua mais profunda crise financeira para se tornar a maior máquina de guerra da história. Governar sem oposição traria a paz social para a implantação de qualquer programa econômico. Convém relembrar que, nos anos anteriores à grande depressão econômica mundial, a Alemanha era um dos países mais industrializados do mundo. Era necessário, portanto, retomar a produção industrial que estava em baixa, em decorrência da grande depressão econômica. Assim, empresas estatais foram vendidas no mercado de ações, enquanto setores estratégicos continuavam sob controle total do Estado. A indústria ociosa passaria a produzir material bélico. Essa medida aumentava as contratações que, por sua vez, puxava o gráfico dos lucros para cima. Enfim, esse modelo econômico permitiria a rápida remilitarização do país. O resultado positivo apareceu rapidamente. Entre 1933 e 1936, o PIB (Produto Interno Bruto) da Alemanha cresceu em média 9,5% ao ano, enquanto a taxa de crescimento industrial atingia 17,2% no mesmo período. Além disso, a inflação estava sob controle, algo que não se via desde 1929, com a moeda alemã apresentando alto poder de compra. O sucesso da política econômica de Hitler leva a população em geral a aceitar as políticas eugenistas do governo. Para ela, se a economia estava indo bem significava que, de fato, a culpa da crise era dos judeus, dos comunistas e dos demais degenerados. Pelo menos era nisso que a propaganda nazista induzia o povo alemão a acreditar.

A propaganda nazista: signos, símbolos e alegorias

Quando falamos em propaganda, falamos em comunicação. Num tipo de comunicação de massa que trabalha basicamente com valores, sentimentos, objetividades, subjetividades, enfim, com aspectos psicológicos, filosóficos e sociais que fazem da propaganda um dos meios mais eficientes de divulgação de uma mensagem ou de uma ideia. O modo como a propaganda comunica uma ideia passa por todos esses aspectos ou neles se insere. Por essa razão, pode-se dizer que a propaganda nazista se vale dos signos linguísticos, dos símbolos e das alegorias.

O signo linguístico é um elemento representativo que tem basicamente duas características: um significado e um significante. Por exemplo, as vogais e as consoantes quando separadas representam apenas sons individuais e quase sempre uníssonos, tal como *"a,e,i,o,u"* ou *" a,b,-c,d,e,f......"*. Contudo, quando juntamos as vogais e as consoantes temos a formação de palavras. Assim, podemos dizer que as vogais e as consoantes, quando separadas, são os signos, e quando juntas formam palavras ou frases de múltiplos significados. Esse exemplo ilustra como podemos perceber os signos e os significados num sentido prático. Se aprofundarmos mais, no entanto, essa questão, veremos que tudo o que é produzido pelo homem pode ser um signo. Esses múltiplos signos, produzidos ao longo da existência humana, têm também múltiplos significados objetivos e subjetivos. A autora Lucia Santaella, especialista em teoria literária, faz o seguinte comentário sobre o conceito de signo.

> *Se qualquer coisa pode ser um signo, o que é preciso haver nela para que possa funcionar como signo? Para Peirce, entre as infinitas propriedades materiais, substâncias, etc. que as coisas têm, há três propriedades formais que lhes dão capacidade para funcionar como signo: sua mera qualidade, sua existência, quer dizer, o simples fato de existir, e seu caráter de lei. Na base do signo, estão, como se pode ver, as três categorias fenomenológicas. Ora, essas três propriedades são comuns em todas as coisas. Pela qualidade, tudo pode ser signo, pela existência, tudo é signo, e pela lei, tudo deve ser signo. É por isso que tudo pode ser signo, sem deixar de ter suas outras propriedades.*[14]

O pensador mencionado no trecho é o filosofo estadunidense Charles Sanders Peirce que embasa o pensamento de Santaella sobre a multiplicidade do conceito de signo. Segundo ambos, quase tudo no mundo pode ser considerado um signo. É exatamente por essa amplitude que ela sugere que o signo seja reconhecido e compreendido nos três campos citados: a qualidade, a existência e seu sentido de lei. O que a autora chama de qualidade

---

14 SANTAELLA, Lucia. *Semiótica aplicada*. São Paulo: Pioneira Thompson Learning, 2002. pp 12.

pode ser descrita como o conjunto de propriedades de uma coisa ou fenômeno em si, ou seja, seu tamanho, sua forma, sua cor, etc. Quando afirma que todo signo tem um sentido, isso não significa que todo signo tem um único sentido, muito pelo contrário, a maioria dos signos pode ter múltiplos sentidos, e esses múltiplos sentidos podem apresentar diferentes significados no tempo e no espaço. Por exemplo, se tomarmos o símbolo de "proibido estacionar" e o colocarmos numa localidade onde ninguém sabe o significado social desse signo, o que ele representa não surtirá efeito algum. Se tomarmos esse mesmo símbolo e o colocarmos na frente de um espaço artístico, como museu, exposição, filmoteca, etc., esse signo terá um significado diferente, devido ao contexto em que está inserido. Por fim, a autora defende que o signo tem o caráter de lei. Cumpre ressaltar que é por meio da interpretação desses signos que a comunicação dos indivíduos se torna possível e, para tanto, faz uso de diferentes formas de linguagem.

Um dos melhores exemplos de como a propaganda nazista vai trabalhar a relação signo e significado está em sua apropriação da suástica. Esse símbolo pode ser visto em diferentes estilos, com diferentes significados e está presente em diferentes culturas, do Oriente ao Ocidente. As gravuras mais antigas da suástica sugerem a ideia de amuleto. A apropriação da suástica por parte de Hitler se baseou numa interpretação bastante particular das descobertas do arqueólogo Heinrich Schliemann, que encontrou uma imagem em forma de suástica num sítio arqueológico, na cidade de Anatólia, Turquia. Heinrich levantou a hipótese de o símbolo ter sido elaborado pelos ancestrais proto-indo-europeus dos arianos. Hitler fez a conexão entre essa teoria de Heinrich e a descoberta de vasos antigos de origem germânica que carregavam o mesmo símbolo, algo que supostamente ligaria os germânicos aos Vedas da Índia.

A ideia de apropriação desse símbolo, não se dava apenas pela busca desse passado pouco provável, mas havia naquele desenho e naquelas cores, significados implícitos que reafirmavam na consciência coletiva o que era a ideologia nacional-socialista. Explicando melhor, a maioria das suásticas, que existiam muito antes da ascensão do nazismo, eram chamadas suásticas de quatro pontas. Essas pontas eram quase sempre retas, formando quatro ângulos de 90 graus. Quando o nazismo se apropria desse símbolo, essas pontas são inclinadas em 45 graus, conferindo ao símbolo a ideia de uma roda em movimento. Essa roda deveria passar como um trator por cima dos opositores políticos e daqueles que não faziam parte da chamada raça ariana. A cor preta, presente no símbolo, também remete inconscientemente à ideia de luto ou de escuridão, ao passo que o vermelho faz referência à flâmula dos tempos da monarquia germânica. Constata-se, nesse fato, uma forma de despertar a simpatia dos grupos monarquistas e militares, embora a narrativa nazista afirme que a cor vermelha é uma referência à tentativa de golpe da cervejaria em Munique, em 1923, porque, na ocasião, o nazista e um dos fundadores do Partido, Max Scheubner-Richter, foi morto e enrolado numa bandeira nazista, que era de cor branca na época. Mas essa versão pode refletir apenas uma forma de tratar a morte de um nazista, tido como mártir do movimento. O fato é que, ao adotar esse signo, Hitler apagava todo e qualquer sentido que tivera um dia, passando a representar, a partir de sua massiva reprodução, as ideias da superioridade da raça, do antissemitismo, da eliminação dos opositores políticos e de outras características próprias do nazismo. A adoção de um signo ou símbolo que resumisse diferentes atributos do nazismo, sem a necessidade de palavras, condensava numa imagem tudo aquilo que era defendido em discurso. A propaganda nazista rapidamente descobriu que a imagem, enquanto símbolo ou signo, comunicava a mensagem do nazismo de forma mais rápida e eficiente. Atingindo o consciente e o inconsciente coletivo, os símbolos e os signos no nazismo serão as bases de construção de uma estética política que procura, a todo momento, cativar as massas.

O filosofo americano Charles Sanders Peirce (1839-1914), que estudou a fundo os signos, dividiu-os em três subgrupos e um deles é o signo-símbolo. Esse foi provavelmente o mais utilizado na propaganda nazista. Os símbolos do nazismo estavam em toda parte. A suástica era o principal e mais famoso. Nos uniformes da S.S., nos aviões da Luftwaffe, nos uniformes da Gestapo, os símbolos representavam uma das partes mais importantes da comunicação, da estética e da hierarquia nazistas. Outro aspecto importante da propaganda nazista é o conceito de alegoria. Aliás, símbolo e alegoria são elementos que se complementam, mas que se diferenciam em relação à comunicação. Sobre essa relação entre símbolo e alegoria, o autor alemão Walter Benjamin faz a seguinte ponderação.

> *A diferença entre representação simbólica e alegoria está em que esta significa apenas um conceito geral, ou uma ideia, diferentes dela mesma, enquanto aquele é a própria ideia tornada sensível, corpórea. No caso da alegoria há uma substituição, no do símbolo, o próprio conceito desce e integra-se no mundo corpóreo, e a imagem o fornece em si mesmo e de forma não mediatizada. (...). Por essa razão, é a alegoria, e não o símbolo a conter em si o mito.*[15]

O primeiro ponto a destacar é que, ao diferenciar símbolo de alegoria, ele diz que o primeiro representa um *conceito geral ou uma ideia*. Tomemos como exemplo o crucifixo cristão. Trata-se de um símbolo que representa um dos momentos mais importantes da história do cristia-

---

15 BENJAMIN, Walter. *Origem do drama trágico alemão.* Belo Horizonte: Autentica Editora, 2013. pp175.

nismo. O momento da crucificação e do martírio de Cristo é tão forte e representativo que foi imortalizado por meio do símbolo que hoje é mundialmente conhecido. A cruz simboliza em si o martírio, morte e renascimento do filho de Deus. Sua forma faz referência aos braços abertos do Messias, passando a ideia de acolhimento mesmo em um momento de profunda dor. Essa representação simbólica inicia e encerra alguns dos princípios dogmáticos do cristianismo. Em suma, o símbolo tem um significado objetivo dentro de determinado contexto. Mas se tomarmos qualquer símbolo e o tirarmos de seu contexto original, passaremos a dar a ele um novo significado; automaticamente esse objeto vai comunicar outra mensagem, diferente da original. Quando isso acontece, temos uma alegoria.

Uma alegoria, portanto, pode ser entendida como se fosse formada por diferentes símbolos tirados de seu contexto original. Exemplificando: se tomarmos o símbolo chinês da religião taoísta Yin e Yang, originalmente o símbolo representa, em linhas gerais, a dualidade de forças opostas que se encontram em todas as coisas. O Yin representa a noite e a lua que, por sua vez, simbolizam a passividade. Já o Yang é o princípio do sol, da luz e do conhecimento. Esses possíveis significados estão nesse símbolo em seu sentido original; se colocarmos esse símbolo como estampa de uma camiseta ou na capa de um álbum musical, ele ganha um novo significado, tornando-se uma alegoria.

Quando Hitler se apropriou de um símbolo milenar, a suástica, conferiu-lhe um significado diferente e esse antigo símbolo se tornou também uma alegoria. Em suma, podemos dizer que a suástica é em si um símbolo, por representar em imagem os valores defendidos pelo nazismo; um signo, visto que precisa ser decifrada para entender seu significado; e também é uma alegoria, uma vez que se trata da apropriação de um símbolo que já existia havia séculos e que foi tirado de seu contexto, ganhando, dessa forma, um novo significado.

Esses três conceitos serão o trinômio da propaganda nazista. As representações e os simbolismos por trás dessas imagens irão seduzir as massas como nunca antes havia sido visto. Milhares de vidas serão ceifadas em nome dos projetos de nacionalismo e eugenia, vinculados à propaganda nazista. Não se pode dizer que a propaganda política foi criada pelo governo nazista, mas os nazistas foram os primeiros a criar uma indústria de propaganda que tinha como objetivo a ascensão ao poder e um posterior *Reich de mil anos*. Como forma de convencimento das massas, a atuação da propaganda nazista foi impecável. A propaganda foi responsável por difundir a ideologia nazista e fazê-la chegar rapidamente até as pessoas mais simples do interior da Alemanha. E sua utilização foi tão intensa e incisiva que se tornou instrumento capaz de envolver, manipular e conduzir as massas sem suscitar ou despertar nelas qualquer questionamento sobre aspectos éticos ou morais.

A propaganda nazista e o antissemitismo

Adolf Hitler aposta no papel desempenhando pela propaganda para fazer seu discurso chegar ao maior número possível de pessoas. Primeiramente, vejamos o que ele próprio disse sobre a função da propaganda no nazismo.

> *"Assim sendo, a constante preocupação da propaganda deve ser no sentido de conquistar adeptos, ao passo que a organização deve cuidar escrupulosamente de selecionar, entre os adesistas, os lutadores mais eficientes. (...) A propaganda trata de impor uma doutrina a todo o povo. A propaganda estimula a coletividade no sentido de uma ideia, preparando-a para a vitória da mesma. A vitória de uma ideia será mais fácil quanto mais intensa for a propaganda e quanto mais exclusiva, rígida e sólida for a organização que, praticamente, toma a si a realização do combate."*[16]

Diversos pontos desse trecho merecem ser analisados com cuidado. Quando ele afirma que o papel da propaganda é *conquistar adeptos*, isso significa que a propaganda deveria ser cativante, deveria ter a capacidade de emocionar um grande número pessoas e atingir o ouvinte em seu "eu" mais sensível. Deveria trabalhar com profundidade a ideia de família, de pátria e de nação. Ao embutir esses valores na propaganda nazista, buscava-se exaltar o sentimento de nacionalismo e de

---

16 HITLER, Adolf. *Mein Kampf.* 247

vingança contra todos aqueles que haviam colocado a Alemanha na triste situação vivida logo depois da primeira guerra mundial.

Outro ponto fundamental é a frase *A propaganda trata de impor uma doutrina a todo o povo*. Competia à propaganda nazista a doutrinação do povo para que aceitasse sem hesitar as crenças nazistas. Para isso seria necessário um verdadeiro bombardeio de imagens e de palavras, sem dar ao ouvinte a menor possibilidade de reflexão. Para levar a efeito esse propósito com grande eficácia, seria necessário ter o domínio de todos os meios de comunicação de massa disponíveis naquela época. O rádio, por ser o de maior acessibilidade daquele período, deveria ser utilizado incessantemente na divulgação das ideias nazistas. A doutrinação deveria atingir a todos com grande rapidez e com grande poder de convencimento.

Por último, convém destacar o trecho seguinte: *A vitória de uma ideia será mais fácil quanto mais intensa for a propaganda e quanto mais exclusiva, rígida e sólida for a organização que, praticamente, toma a si a realização do combate.* É evidente que Hitler queria que a propaganda bombardeasse o povo com a defesa incondicional dos ideais nazistas. A mensagem deveria ser de caráter extremamente emotivo, atingindo o lado mais sensível de cada um, chegando aos corações e às mentes dos cidadãos que menos acreditavam num futuro promissor do país.

A propaganda deveria reafirmar continuamente as ideias nazistas como a única solução possível para a Alemanha ser e continuar grande e poderosa. Esse trabalho será efetivado com tanta eficácia que, no final da segunda guerra mundial, quando são revelados os crimes nazistas, são tantos os horrores, que se pode comparar a capacidade de convencimento da propaganda nazista a uma espécie de lavagem cerebral em massa. Não resta dúvida de que a propaganda foi o principal veículo de disseminação do antissemitismo na Alemanha nazista.

Uma das principais crenças pregadas pelo antissemitismo na Europa era de que os judeus eram os responsáveis por dominar e manipular o sistema financeiro em todo o mundo. Não por acaso a propaganda nazista difunde a ideia de que os maiores credores da Alemanha eram os grandes investidores judeus. Além disso, estava radicado em toda a Europa o antissemitismo de caráter religioso, que fazia recair sobre os judeus a culpa da crucificação de Cristo. Com a ascensão do nazismo, surgiu também o antissemitismo baseado na ideia de "pureza da raça". Segundo as teses da eugenia, o povo judeu era classificado como uma *raça deformada* e, portanto, representava uma ameaça para os ideais de beleza da raça ariana. Por fim, subsistia ainda na Alemanha um antissemitismo político. Uma das formas mais divulgadas desse tipo de antissemitismo foi a elaboração, e posterior difusão, de um documento falso denominado de *Protocolo dos Sábios de Sião*. O documento foi supostamente redigido por uma pessoa não identificada, durante a realização de uma assembleia, a portas fechadas, na cidade de Basileia, Suíça, no ano de 1898. Nessa assembleia, teria se reunido um grupo de sábios judeus (sionistas) e maçons, a fim de traçar um plano de dominação de caráter mundial. O plano visava utilizar o país europeu como exemplo de dominação judaico-comunista, a ser imposta a todo o continente. A primeira versão do documento está escrita em russo e nela a narrativa trata dos opositores do Czar Nicolau II como agentes de um plano de dominação mundial de caráter judaico-comunista. Essa mentira será amplamente divulgada pela propagada nazista e compõe parte da defesa do antissemitismo.

A versão final e mais conhecida desse documento foi desenvolvida pelo alemão Hermann Goedsch, conhecido defensor do antissemitismo. Para se livrar de qualquer culpa com relação a essa mentira, Goedsch utilizou o pseudônimo "Sir John Retcliffe". Essa versão foi traduzida para diversas outras línguas. A tradução inglesa foi publicada no dia 4 de setembro de 1921, no jornal estadunidense *The New York Times*. Outro jornal do estado de Michigan também publicou o texto na integra, acompanhado de diversos artigos de caráter antissemita. Essa série de artigos foi depois compilada num livro antissemita intitulado "O judeu internacional". O dono desse jornal era o industrial americano Henry Ford. Esse fato evidencia que o antissemitismo não existia somente na Alemanha ou na Europa. O episódio em torno da história do "Protocolo dos Sábios de Sião" revela que, para o nazismo, a mentira e a desinformação são importantes armas de propaganda política. Quando as autoridades e os meios de comunicação, por meio da propaganda, pregam que os responsáveis pela crise no país são os judeus, pode-se ter certeza de que uma grande parcela da sociedade vai acreditar nisso.

O nascimento do expressionismo alemão e da U.F.A.

A indústria de propaganda nazista nasceu e se desenvolveu a partir da modernização e restruturação da U.F.A. (*Universum Film Aktien Gesellschaft* ou *Universum Film AG*). Era, na época, o principal conjunto de estúdios cinematográficos da Alemanha. A U.F.A. foi criada em 1917 como uma companhia de produção cinematográfica estatal, que tinha a função de produzir filmes sobre a situação alemã na primeira guerra mundial. Em pouco tempo, as autoridades vão se dar conta de que os filmes exibidos para o grande público dos cinemas poderiam ser utilizados também como forma de propaganda dos grandes feitos de seu exército nos campos de batalha da primeira guerra. O autor alemão Siegfried Kracauer, faz a seguinte observação sobre essa mudança de perspectiva do cinema alemão.

O nascimento do cinema alemão propriamente dito resultou em parte das medidas organizacionais tomadas pelas autoridades desse país. Essas medidas podem ser resumidas por duas constatações que todos os alemães cultos estavam em condição de fazer durante a primeira Guerra Mundial. Primeiro, eles se tornaram cada vez mais conscientes da influência de filmes antigermânicos produzidos em toda a parte no exterior – um fato que os surpreendeu ainda mais porque eles ainda não haviam percebido o imenso poder de sugestão inerente a essa mídia. Segundo, eles reconheceram a insuficiência da produção doméstica. Para satisfazer a enorme demanda, produtores incompetentes haviam inundado o mercado com filmes que se mostravam de qualidade inferior à maioria dos filmes estrangeiros; ao mesmo tempo, o cinema alemão não havia sido animado, todavia, pelo zelo propagandístico que os Aliados evidenciavam. Conscientes dessa perigosa situação, as autoridades alemãs tentaram mudá-la, intervindo diretamente na produção de filmes.[17]

Essa mudança de perspectiva sobre o papel do cinema como ferramenta de comunicação com as massas veio quando o governo alemão se deu conta do quanto o inimigo poderia estar se beneficiando desse importante veículo de comunicação. A criação da U.F.A. estava

---

17 KRACAUER, Siegfried. *De Caligari a Hitler. Uma História Psicológica do Cinema Alemão*. RJ: Jorge Zahar, 1988 p.50

vinculada exatamente ao contexto de conflito mundial. Mas apenas um ano após sua criação, a guerra acabou. Depois do fim do conflito, a U.F.A., sob a administração da República de Weimar, teve enorme sucesso como produtora e distribuidora de filmes. Entre os anos 1917 e 1933, a U.F.A. será responsável pela produção e distribuição dos principais títulos do cinema expressionista da Alemanha.

O movimento artístico alemão denominado expressionismo não nasceu no cinema; pelo contrário, o cinema foi o último a sentir a influência desse estilo, pois o expressionismo na literatura já existia desde segunda metade do século XIX. No teatro, já se manifestava em meados de 1860. O cinema da fase expressionista na Alemanha é considerado uma arte premonitória, uma vez que algumas de suas principais obras apresentam características que serão recorrentes na futura Alemanha nazista. Por exemplo, o filme *Estudante de Praga*, de 1913. O longa é baseado no romance de Edgar Allan Poe e dirigido pelos diretores Paul Wegener e Stellan Rye. O enredo apresenta um estudante da cidade Praga que vende o reflexo de sua própria imagem a um personagem de caráter demoníaco. Em troca, o demônio lhe concederia riqueza e a mão da Condessa em casamento. Ele aceita o acordo, mas a partir desse momento vê sua vida arruinada, sendo perseguido por seu outro eu. Esse será um tema bastante recorrente no cinema expressionista: a ideia ambígua de um ser duplo. No filme *Metrópoles*, isso aparece nas figuras ambíguas das personagens *Maria boa* e *Maria má*. Pode-se ver esse aspecto ambíguo na construção de alter-egos também no já citado *Gabinete do Dr. Caligari*, em que o médico se apresenta como uma figura que tanto pode trazer a cura como pode fazer o mal. Essa perturbação da personalidade no cinema alemão é absolutamente marcante e reflete bem o que era o inconsciente coletivo desse país durante esse período, provavelmente resultante de uma unificação bastante problemática e de uma humilhante derrota numa guerra que deveria ser ganha em poucos meses.

Outra faceta importante do cinema alemão anterior ao nazismo pode ser deduzida dos filmes do movimento expressionista, os quais transmitem a ideia de que o homem está vivendo sob constante ameaça. Isso transparece em *O Golem: como veio ao mundo* (1920). Esse filme narra uma ameaça que está prestes a cair sobre o povo judeu, podendo levá-lo à extinção. O que é realmente importante salientar é que essas características e aspectos do cinema expressionista alemão constituem, em seu todo, uma espécie de premonição do que haveria de ocorrer na Alemanha nazista. Cumpre ressaltar que, ao assumir o governo, o nazismo baniu todos os filmes do movimento expressionista, considerando-os como arte degenerada; seus diretores foram perseguidos, mortos ou expulsos do país. Mas toda a infraestrutura de produção e distribuição, montada nos tempos da U.F.A., foi totalmente aproveitada pelo governo de Adolf Hitler, que decidiu até mesmo ampliá-la.

Cinema nazista: um convite sedutor para as massas

A difusão da propaganda política através dos meios de comunicação foi utilizada também na extinta U.R.S.S, antes, durante e depois da revolução bolchevique de 1917. Os soviéticos utilizaram todos os meios de comunicação para chegar ao poder e continuaram a usá-los depois de assumir o governo. O rádio foi o instrumento mais usado porque, por meio dele, podiam atingir as regiões mais distantes da capital e também porque a mensagem dos bolcheviques podia ser recebida pela população de analfabetos. Sem dúvida, os soviéticos lançaram mão também dos jornais, revistas e panfletos como forma de comunicação com o proletariado urbano, além de outros eventuais meios, como o cinema, a fim de atingir e influenciar as massas em todos os recantos do imenso território russo. O que os nazistas fizeram foi aperfeiçoar essa modalidade de comunicação com fins políticos, profissionalizando-a ao máximo e tornando-a extremamente eficaz. E esse processo foi conduzido pelo ministro da propaganda, Joseph Goebbels.

Doutor em filosofia pela universidade de Heidelberg, Goebbels entrou para o Partido Nacional-Socialista em

1924, não sem ter tentado antes uma carreira frustrada como escritor. Desse ano em diante, Goebbels encontra em Hitler e na ideologia nazista o sentido que faltava em sua vida. Prova disso é que, em 1926, foi nomeado *Gauleiter* de Berlim, isto é, chefe distrital responsável por discursar. Elogiado pela boa locução e poder de retórica, Goebbels logo se torna o braço direito de Hitler. Sua nomeação, em 1933, para o cargo de ministro da imprensa e propaganda (*Reichsministerium für Volksaufklärung und Propaganda* – RMVP) mostrava claramente qual a importância dele para os planos de Hitler. Para se ter uma ideia da abrangência do cargo ocupado por Goebbels, estavam sob sua tutela a imprensa, a produção literária, as artes visuais, a produção fílmica, o teatro e a música. Sob o comando dele, irá ocorrer o famigerado processo de "*nazificação*" dos meios artísticos e culturais.

Goebbels incentiva a U.F.A. a produzir dezenas de filmes de propaganda nazista, responsáveis por arrastar multidões aos cinemas. O efeito dessas produções era tamanho que o Partido Nazista montava postos de filiação ao partido nas saídas das salas de cinema. Esse sucesso teve início com o filme *O Congresso do NSDAP em Nuremberg* (*Parteitag der NSDAP in Nürnberg*, 1927). Trata-se de um documentário que relata o encontro do Partido Nazista, que ocorria anualmente desde 1923, mas documentado pela primeira vez. O resultado positivo dessa produção inspirou, dois anos depois da chegada do nazismo ao poder, a ambiciosa obra *Triunfo da Vontade* (*Triumph des Willens*), dirigida por Leni Riefenstahl. O documentário registra o sexto *Congresso do NSDAP em Nuremberg"* (*Parteitag der NSDAP in Nürnberg*, 1934). A autora desse filme era Helene Bertha Amalia "Leni" Riefenstahl. Cineasta alemã, nascida em Berlim, começou sua carreira como pintora; depois abandonou a pintura pela dança, carreira interrompida após uma queda que lhe causou uma lesão no joelho. Em 1926, estreia como atriz no cinema com o filme *A Montanha Sagrada* (*Der Heilige Berg*) do diretor Arnold Fanck. Vale ressaltar que Arnold Fanck era famoso por produzir filmes de um gênero de bastante sucesso na Alemanha, denominado "filmes de montanha" que, via de regra, tinha como pano de fundo um cenário de montanhas, neve e estações de esqui. Leni Riefenstahl, vai produzir seus primeiros filmes dentro desse estilo: "O Inferno Branco de Piz Palü" (*Die Weisse Hölle von Piz Palü*) de 1929, "A Chama Branca" (*Der Weie Rausch*) de 1931, "Tempestade no Monte Branco (*Stürme* über *dem Mont Blanc*) de 1930 e, por último, em 1932, "A Luz Azul" (*Das Blaue Licht*). Esse foi o filme que teria encantado a Hitler. O trabalho de câmera, as tomadas, os planos sequenciais, a luz, além da beleza de Leni, o teriam o impelido a convidá-la para produzir os filmes de propaganda nazista durante os anos do Reich. O primeiro filme que ela vai rodar durante o governo nazista será "Vitória da Fé" (*Sieg des Glaubens*), em 1933. O filme foi um enorme sucesso, o que daria a ela recursos ilimitados para realizar seu *Triunfo da Vontade*.

Triunfo da Vontade começa com uma mensagem. Acompanhada de uma trilha sonora com traços de marcha militar, aparece a mensagem no centro da tela, com letras em estilo gótico, que diz: *O triunfo da vontade*. A seguir, o expectador é introduzido ao que ele vai assistir: o "Documentário sobre o IV congresso do Partido Nazista, produzido por ordem do *Führer*". A utilização das letras góticas era comum na propaganda nazista, porque era uma forma de atingir no inconsciente das massas a ideia de ligação com o passado medieval do antigo território germânico. A trilha sonora em estilo militar ajudava a compor esse sentido de passado guerreiro dos germânicos. Depois dessa introdução, aparece o nome do líder Adolf Hitler, com os dizeres: *produzido por ordem do Führer*, transmitindo a ideia de que, se não fosse ele, nada disso seria possível. Por fim, o expectador é informado de que aquela obra é de Leni Riefenstahl. Esse aspecto personalista é identificável já nas primeiras cenas do filme quando o avião de Hitler aparece sobrevoando a cidade de Nuremberg. A trilha sonora que acompanha a cena é uma canção de aspecto celestial, mostrando o avião entre as nuvens e o grande líder chegando dos céus como se fosse um messias. O avião pousa e ele é recebido com a saudação nazista por uma multidão de jovens, mulheres e crianças. A imagem dele aparece rapidamente saindo do avião, causando expectativa nos assistentes. Finalmente, ele surge em primeiro plano, sorrindo timidamente para a multidão, que parece estar diante de um "ídolo pop".

A cena seguinte mostra Hitler em carro aberto, percorrendo um extenso trajeto, ao longo do qual multidões enfileiradas o aguardam ansiosamente para saudá-lo. Hitler faz um gesto, que depois será imitado por dezenas de políticos ao longo da história: ele toma uma criança no colo, beija-a e cumprimenta a mãe dela. Chama a atenção um recurso que Leni usou nessa cena. Ela focaliza uma luz saindo das mãos de Hitler quando gesticula em direção à criança, dando ao *Führer* um caráter messiânico.

O filme impressiona pela grandiosidade. As multidões enfileiradas em estilo militar parecem se multiplicar pelos planos gerais que ela conseguiu, graças à utilização de elevadores e de outros dispositivos criados para atingir esses efeitos. Aliás, vale ressaltar que várias das técnicas de filmagem criadas por Leni em *Triunfo da Vontade* e em outros filmes serão reproduzidos por diferentes diretores do mundo todo. Embora carregue em sua biografia essa mancha nazista, é inegável a contribuição de Leni Riefenstahl para o desenvolvimento de várias técnicas ainda hoje utilizadas na produção cinematográfica.

O nazismo e a segunda Guerra Mundial

As imagens trazidas em "Triunfo da Vontade" mostravam que a Alemanha estava totalmente recuperada e pronta para retomar seu projeto expansionista que fora barrado pela grande crise pós-primeira guerra. A recuperação econômica alemã vinha acompanhada de uma forte retomada do projeto bélico, ou seja, na medida em que crescia a economia também crescia, na mesma proporção, a máquina de guerra alemã, o que feria frontalmente o Tratado de Versalhes, principalmente nos pontos que limitavam o tamanho do exército e a quantidade de armas. Se Hitler estava claramente desobedecendo a esse Tratado, por que outras nações ou mesmo a recém-criada Liga das Nações não tomaram nenhuma providência? Estados Unidos, Inglaterra e França acreditavam que o crescimento bélico de Hitler visava apenas a recuperação do chamado "corredor polonês", para uma futura invasão da União Soviética, o que resultaria, naturalmente, na queda do regime comunista. Além disso, a Liga das Nações, que nasceu para tentar evitar um novo conflito, não tinha força e influência política suficiente para barrar a militarização da Alemanha.

Em 1936, Hitler manda ocupar militarmente a região da Renânia, região da margem oeste do rio Reno, na divisa do território alemão com a Bélgica. No mesmo ano, é assinada a parceira militar e comercial entre Hitler e Mussolini, por meio do Tratado Roma-Berlim, que se configurava como o prólogo da formação do Eixo da segunda guerra. Vale lembrar que esses dois países estavam isolados diplomaticamente por causa da ascensão do totalitarismo. Esses movimentos da Alemanha foram feitos sem que houvesse qualquer reação dos países europeus. Em 1938, Hitler anexa a seu território, política e militarmente, a Áustria. No mesmo ano, o exército alemão ocupa a região dos sudetos, que corresponde à região da Boêmia-Morávia e da Eslováquia. Novamente, nenhum dos países que venceram a primeira guerra tomou qualquer atitude mais drástica. No ano seguinte, o mundo é surpreendido com a assinatura de um *Pacto de Não Agressão* entre a Alemanha nazista e a União Soviética de Josef Stalin. Conhecido como *Pacto Molotov-Ribbentrop*, os dois países tinham interesses escusos na assinatura desse pacto. A Alemanha queria garantir que não haveria uma resposta militar soviética no caso de uma invasão da Polônia, enquanto Stalin ganharia tempo para equipar melhor seu exército para uma inevitável guerra contra os alemães. França e Inglaterra eram surpreendidas pela assinatura *do Pacto de Não Agressão*, uma vez que caía por terra a tese de que Hitler estava interessado apenas em conquistar a União Soviética. Um mês depois da assinatura do pacto e confirmando todas as expectativas, os nazistas invadiram a Polônia por meio de uma nova tática militar tão rápida quanto mortal, denominada de *Blitzkrieg* (guerra-relâmpago). Imediatamente depois da invasão da Polônia pelas tropas alemãs, Inglaterra e França declaram guerra à Alemanha nazista. Era o início da segunda grande Guerra Mundial.

O que se viu nos anos seguintes foram talvez os anos mais obscuros da história da humanidade. Aproximadamente 65 milhões de vidas foram perdidas, perto de 8 milhões de judeus foram mortos nos campos de concentração, no que ficou conhecido como Holocausto ou Shoah[18]. E para coroar esse espetáculo de violência e barbárie, os Estados Unidos ainda lançaram sobre o Japão duas bombas atômicas, cujas consequências ainda eram inteiramente desconhecidas na época. Mesmo envolvendo diferentes países, não é nenhum absurdo afirmar que a principal causa da segunda Guerra Mundial foi o nazismo, que tentava se vingar da humilhação sofrida na primeira Guerra Mundial.

E no atual momento de crise, pelo qual o mundo está passando, é fundamental fazer a seguinte pergunta: Depois de 75 anos da derrota nazista, podemos dizer que o mundo está absolutamente livre da volta desse regime? Infelizmente, a resposta é não, porque crescem em todo o mundo os movimentos de supremacia racial, acompanhados muitas vezes do recrudescimento do discurso nacionalista. Grupos que visam o extermínio de minorias étnicas, baseado na ideia de limpeza racial, são vistos em países de diferentes continentes, concorrendo inclusive em eleições. Esses fatos nos induzem a perguntar se as democracias atuais, com suas respectivas instituições,

---

18 Shoah, termo hebraico que significa massacre.

têm condições de barrar o avanço das ideias de cunho nazista. Mas essa é uma questão que apenas o tempo poderá responder. Afinal, a história já nos provou que uma democracia jovem, envolvida em uma grave crise política, e mergulhada em caos financeiro, não foi capaz de frear o avanço nazista. Até que ponto, essas condições, juntas ou separadas, podem levar à ascensão de um novo nazismo, é o que somente o futuro poderá responder.

Sobre o autor

Davi da Rosa é Bacharel e Licenciado em História pela PUC-SP. Possui especialização em História, Cinema e Áudio Visual pela COGEAE-PUC-SP. Desde 2007, é professor de cursos preparatórios e instituições de ensino particular. Desde 2015, atua como autor de livros e materiais didáticos nas áreas de História e Sociologia, além de ter colaborado com as revistas "Sociologia" e "Filosofia" da Editora Escala, nos 2017 e 2018.